LETRAS MEXICANAS

El último explorador

ALBERTO CHIMAL

El último explorador

DIEZ AVENTURAS INÉDITAS

FONDO DE CULTURA ECONÓMICA

Primera edición, 2012

Chimal, Alberto
    El último explorador. Diez aventuras inéditas / Alberto Chimal. – México : FCE, 2012
    159 p. ; 21 × 14 cm – (Colec. Letras Mexicanas)
    ISBN 978-607-16-0947-2

    1. Novela mexicana 2. Literatura mexicana – Siglo XXI I. Ser. II. t.

LC PQ7297   Dewey M863 Ch398u

Distribución mundial

Este libro fue escrito con el apoyo
del Sistema Nacional de Creadores de Arte

Diseño de portada: Paola Álvarez Baldit

D. R. © 2012, Fondo de Cultura Económica
Carretera Picacho-Ajusco, 227; 14738 México, D. F.
Empresa certificada ISO 9001:2008

Comentarios: editorial@fondodeculturaeconomica.com
www.fondodeculturaeconomica.com
Tel. (55) 5227-4672; fax (55) 5227-4640

ISBN 978-607-16-0947-2

ÍNDICE

I. LAS AVENTURAS
  [11]
Las ciudades se levantan 15
Cómo vio la luz 18
Polo 36
León 53
Hoteles 57
La concurrencia 63
Los trabajos y los días 72
Así perdura la Atlántida 79
Nos 83

II. LOS ENEMIGOS
  [85]
Adiós 89
El asombro 96
El segundo intento 102
La confusión 116
El primer intento 125
El tercer intento 136
Hola 148

A Raquel,
la que sí y la que siempre

I. LAS AVENTURAS

¿Había acaso un pionero más audaz que pudiera ir allí, hacha en mano, a desmontar aquellas umbrosas espesuras?

JULIO VERNE

Y escuché y vi cosas tan horrendas que los vagabundos de la Tierra fría nunca las han conocido.

WILLIAM BLAKE

Las ojeadas meramente superficiales que pude echarle no me dijeron nada en absoluto.

AUGUST DERLETH

¿A quién le va a creer usted, a mí o a sus propios ojos?

CAPITÁN JEFFREY T. SPAULDING

Las ciudades se levantan

Horacio Kustos encontró a Antón Vodia, creador de la teoría y la práctica de las anástrofes, no sin sorpresa: estaba en su casa (en la de Vodia), entre una fábrica de jabón y un terreno baldío, en un barrio a medio vaciar de Chicago. La puerta de entrada estaba abierta. Vodia se levantó, para saludarlo, del sillón en el que estaba sentado. Su voz era suave. Se notaba que nunca había sido delgado pero tampoco terminaba de ser redondo. Tenía poco pelo en la cabeza y su barba era rala y con muchos huecos. La camisa de manta que llevaba le quedaba pequeña.

Kustos temió que hubiese habido un error, pero Vodia le expuso los conceptos básicos de su trabajo y le anunció que llegaba a tiempo para ver una demostración.

—¿Cuándo será?

—Yo creo que ya —dijo Vodia, y la tierra comenzó a temblar y los dos salieron deprisa, justo en el momento en que dos altísimas torres (aunque de arquitectura menos bella que espectacular) brotaban del baldío y se elevaban a gran velocidad, entre nubes de polvo y un estruendo como címbalos y trompetas.

—Esta taumaturgia —explicó Vodia— usa un principio… no muy complicado, debo reconocer, vea qué fácil salió esto, para volver a levantar edificios que se han venido abajo, como en este caso, o anular los efectos nocivos de un rayo que le ha caído a alguien, o… Tal vez *anástrofe* no sea la palabra más adecuada… es un poco pretenciosa… Lo opuesto de *catástrofe,* ya sabe…

Los edificios, ya completamente fuera del suelo, venían *llenos:* se escuchaban gritos desde el interior, y la mayoría (pensó Kustos) eran de júbilo.

—Así que si usted necesita que arregle algo, sólo dígame. Se puede hacer fácil. Que deje de haber pasado, que *despase,* como quiera decirlo…

Kustos no respondió de inmediato. Él y Vodia se acercaron a los dos edificios y pudieron ver a las primeras personas que se animaban a salir de ellos. Casi todas iban de oficinistas, con trajes severos y camisas (los hombres) o blusas blancas (las mujeres). Y muchas, en efecto, parecían de lo más alegre, y miraban el barrio desastrado y la tierra contaminada como si fueran el paraíso terrenal, pero otras tenían caras largas o de franco disgusto. Varios lloraban y uno se puso a patear la fachada del edificio.

—Me perdí el juego —decían los inconformes—. Y tenía un palco.

—Me perdí el baile.

—Yo tenía acciones de la aerolínea y no las pude vender.

—Yo había apostado por el equipo que ganó.

—¡Yo esperé *años* a que estrenaran esa película!

—¡Yo le dije que no se endeudara y en cuanto ya no estuve allí, él hizo lo que quiso!

—¡Yo no tendría que haber venido a las torres!

—¡Yo estaba de vacaciones solamente!

—¡Y ni siquiera estamos en la misma ciudad!

—¿Sabe usted qué es pasar tantos años mirando nada más, viendo todo de lejos, sin poder comunicarse, sin poder pedir una pizza, sin poder salir?

—¿Sabe qué es ver —le dijo uno a Kustos, tomándolo de la camisa no sin cierta violencia— cómo la mujer lo olvida, se casa con otro y le va mejor de lo que le fue con uno?

—¿Saben que el hippie ese fue el que nos trajo de vuelta? —dijo otro, con la peor intención, señalando a Antón Vodia con el dedo.

La cosa no pasó a mayores y Vodia pudo huir —fue justo antes de que empezaran a llegar la policía y las unidades móviles de la televisión— porque la anástrofe no estaba completa: cuando la turba se apartaba del resto de los retornados y se iba a echar sobre Vodia, y sobre Kustos, para lincharlos, fue el nuevo estruendo como címbalos y trompetas, y fueron de hecho dos estruendos, y allá arriba los dos edificios (sin que se dañara su brillante superficie) vomitaron cada uno su avión, y ambos aviones se alejaron volando para atrás algunos centenares de metros y luego bajaron despacio, como la proverbial hoja de otoño, hasta quedar en el suelo, intactos y limpísimos y (así dijeron los reportes) sin una gota de combustible en sus tanques.

Mucho después, Kustos acompañó a Vodia a la estación del tren en Novosíbirsk y lo vio subir en el expreso que lo llevaría hasta Mongolia. En aquel par de meses, además de cruzar medio mundo, Vodia había adelgazado (por primera vez en su vida), se había habituado a usar traje y se había afeitado la cara y la cabeza; sin embargo, cuando estaba a punto de subir al vagón (de "desaparecer para siempre"), todavía se volvió y preguntó a Kustos:

—¿Realmente cree que había personas enojadas también en los aviones?

Cómo vio la luz •

1

—CUERPO DE FLACO, RALA BARBA NEGRA,
OJOS BIEN SEPARADOS EN LA CARA,
MANOS MUY GRANDES Y RODILLAS GRUESAS,
NARIZ QUE NO TERMINA DE APUNTAR
DERECHA HACIA DELANTE; BIEN PLANTADO,
TIENE VOZ AGUERRIDA, LA PACIENCIA
BREVE, LOS OJOS DE UN SOSIEGO IGUAL
A LA VELOCIDAD DE SUS DOS PIERNAS.
GRAN ENEMIGO DE LOS MAPAS, SIEMPRE
SEDIENTO DE SABER, PUEDE CONTAR
HISTORIAS ESPANTABLES E INAUDITAS.
AQUÍ ESTÁ YA DESCRITO…

2

—No me diga, no me diga; lo que le cuento le suena demasiado raro.

… Y aquí está: Horacio Kustos, el aventurero que tuvo el infortunio de nacer tarde en los siglos. De venir del tiempo de Polo el de la China, Magallanes o sus otros iguales (sus adláteres de libro de aventuras, inclusive), tendríamoslo ahora por viajero valiente, prodigioso explorador, y sus descubrimientos no serían menos rememorados que los de otros héroes del mar o la curiosidad.

(¡Y sus historias! Llenas de prodigios, prueba de muchos años de viajar de polo a polo y a los otros polos y a toda longitud y latitud del mundo, no serían nada menos que las de aquellos grandes del pasado…)

Tal como están las cosas, sin embargo, y en este tiempo hastiado y aburrido, le cuesta hallar a alguien que lo escuche.

—No, más bien no le entiendo —dice el vecino, escéptico y de mueca; los dos conversan en el corredor del edificio de departamentos; Kustos acaba de intentar contarle su aventura más sosa—. ¿Qué mamadas son ésas? ¿Es como de una serie? Mi mujer es la que ve series jaladas, yo no les entiendo, yo no más veo el futbol.

En el pequeño departamento en el que Kustos vive en estos días están las evidencias: recuerdos de lugares donde el sol se pone varias veces cada día, orbes de vidrio que contienen monstruos, un bibelot de inanidad sonora (rarísimo)… Pero por más que trata, Kustos no logra que sus visitantes, de por sí muy escasos, vean su cámara de maravillas y le crean que todo es verdadero. No sirven tampoco las relaciones que redacta el hombre para sus patrocinadores, y de las que a veces guarda copia: hojas amarillentas, discos viejos, cintas magnetofónicas, pilas y alteros que crecen siempre que Kustos regresa de sus viajes extraños…

—Se supone que nada más tendría que hacer los reportes para los patrocinadores, eso es lo que viene en el contrato, pero ¿de verdad estará tan mal, digo yo —dirá Kustos—, que me quede con un recuerdo de vez en cuando? Hasta sirven de respaldo, creo. Y bueno, tampoco es que nadie me esté reclamando… A ver, mire, se lo explico de otro modo. Le voy a ser sincero. Lo que pasa en realidad es que han pasado muchos meses, creo que casi un año, sin que me llegue ningún nuevo encargo, ningún aviso de dónde dejar los reportes que se van acumulando, no sé por qué, y esto ha pasado ya antes, alguna que otra vez, pero de todos modos he empezado a no… sentirme bien. A cualquiera le pasaría, ¿no?, estando inactivo tanto tiempo… Y cuando me pongo peor, la depresión, todo eso, me pregunto si de veras esto vale la pena. ¿Me entiende? Esto de venir aquí con ustedes es como un intento de hacer que valga más la pena, que la gente sepa también de esto, que le sirva a alguien más, ¿no? Y claro, es terapéutico, y además si me pagan…

Pero no es bueno aquí el adelantarnos, que esto que dice Kustos va en el cuarto capítulo. Mejor:

Cuando trabaja, Kustos viaja y observa, verifica noticias que le mandan sus mecenas y sus otros amigos y también descubre muchas cosas. Luego entrega reportes: deja tres hojas A4 en un buzón de Praga; deja una servilleta húmeda y llena de letra nerviosísima en las manos de un proxeneta en Cali; deja dos cintas de "voces reales de los seres del más allá" en el mostrador de piedra de un baño público en Johannesburgo, etcétera. Horacio Kustos va adonde le indiquen, pues en el misterio los sitios son así y las circunstancias.

Pero los misteriosos valedores que patrocinan sus descubrimientos nunca se muestran ni usan para nada (que pueda verse) lo que se les da, y ahora, que además llevan ya tiempo de desaparecidos, Kustos siente que poco a poco el mundo se desgasta: en el departamento, del que sale cada vez menos, no enciende las luces; todas las noches en penumbras, largas, huelen a seco y cada vez más viejo, pues toda la riqueza y la memoria de los escritos y de los objetos —las islas, los países, las criaturas, la mínima y tudesca ciudadela construida en una cama, los jardines del otro Edén, que no es para los hombres, las mil noticias de la plenitud del mundo—, todo queda sin saberse, sin nadie que se entere, desconcierte, llene de ira o llene de terror, pues hasta hoy no hay nadie que haya oído alguna historia o visto un artefacto y no se haya burlado, o indignado de la credulidad de "algunas gentes", o sospechado un truco: una maniobra para venderle bienaventuranzas, alguna pócima curalotodo, un método de la felicidad…

Los monstruos, piensa Kustos, las altísimas bóvedas. No se escucha. Está cansado.

—Ya le dije que yo nomás veo futbol —dijo el vecino cuando se marchaba, y es vieja la ciudad, y fea y triste, y por una ventana puede verse que allá abajo, en la calle, cada paso de los peatones alza un polvo amargo, del color del olvido.

En el silencio, las pilas de papel y los estantes llenos y despreciados le recuerdan a Kustos el inmenso mausoleo que visitó, una vez, en un país situado entre el ocaso y el crepúsculo.

3

Ahora bien:

—¿Pero qué tanta madre tiene usted aquí? —le dice otro vecino, técnico en laminado para pisos; Kustos (desesperado, pues lo está: hoy, como pocas veces, ha llegado la Angustia negra, sorda y destructora: se ahueca la existencia ante sus ojos, y las cosas se alejan) lo ha obligado a entrar en su guarida y revisar media docena o más de sus reportes—. Con perdón. ¿Usted de qué trabaja o qué?

—No, bueno —empieza Kustos—, es…

Y el otro contesta:

—Mire, a mí estas cosas no me gustan, yo no leo ni nada, pero un amigo mío trabaja en uno de estos pasquines… Un periódico, pues. O semanario, ni sé. Ya sabe, luego sacan de esto…

—¿Cómo que de esto?

—Sí, sacan cosas como esto que usted escribe…

—¿Cómo? ¿Parecido a lo que yo escribo?

¿Cuarenta años, cien, dos mil quinientos?

Kustos (diría) ya lleva *eternidades* trabajando tan sólo para dar gusto a su ignoto patrocinador, quien paga bien pero no dice nada y acaso le permite conservar las evidencias de sus aventuras pues piensa que jamás van a tener (*¡nunca jamás!*) un reconocimiento, ni el lector más humilde, ni la fe de nadie en lo que el hombre ha descubierto en viajes y más viajes portentosos.

Y ahora, en su departamento infecto, ¿está por alcanzarlo la Fortuna, gorda y sonriente?

—O sea, a veces. A veces sacan cosas así, de lo que usted... los sacan como en la sección de la tarde, cuando les sobra espacio, ahí con el crucigrama o el sodoku o como se llame la cosa... Si quiere le paso el dato para que lo vaya a ver, a mi amigo, igual y...

Loco de alegría (súbitamente loco, entiendan todos, porque la sola posibilidad de publicar así sus muchos textos no se le había ocurrido nunca), Kustos apenas oye las indicaciones que el vecino le da: la dirección del edificio adonde debe ir, el nombre del empleado de limpieza que allí trabaja y que tal vez conoce a alguien...

Y de pronto ya no puede tenerse inmóvil por más tiempo, y dice gracias a su vecino, y sale y cierra la puerta con dos vueltas de su llave y ¡como un rayo hacia las escaleras...!

Y tras unos minutos vuelve, y abre, y su vecino dice mientras sale:

—Pendejo.

4

Segunda toma de la gran conquista de los medios impresos: Kustos llega, armado con doscientas o trescientas páginas escogidas, al periódico.

Y piensa (¡qué obviedad y brillantez la de la idea de publicar aquí!) que de una vez será mejor que hable con alguien de los jefes: por ejemplo, con algún editor.

—Porque además, la verdad no lo oí bien, es decir, a mi vecino, así que ni siquiera sé cuál es el nombre del amigo —explica Kustos a la recepcionista, en cierto punto de un parlamento más bien prolongado.

—Pero es que, señor, el licenciado —empieza la mujer, pero no puede decirle nada más a Horacio Kustos, quien habla rápido y apasionado:

—Se supone que nada más tendría que hacer los reportes para los patrocinadores, eso es lo que viene en el contrato, pero ¿de verdad estará tan mal, digo yo, que me quede con un recuerdo de vez en cuando? Hasta sirven de respaldo, creo. Y bueno, tampoco es que nadie me esté reclamando… A ver, mire, se lo explico de otro modo…

Pero como el lector ya leyó esto, pasemos a que Kustos se entusiasma y propone, de pronto, una columna:

—Porque mire, realmente la cosa es que tengo tal cantidad de anécdotas, de escritos, de notas, pues, sobre tal cantidad de cosas que… Mire. Le voy a enseñar. Podría ser una columna semanal. ¡Una columna diaria! ¿Ustedes publican diario? Sería una bomba. Déjeme poner aquí mi carpeta, ¿puedo mover estos papeles, le molesta si los pongo aquí en el suelo, tantito?, y le voy mostrando… Ahora que venía pensé incluso que se podría hacer una selección, digo, según sé a ustedes lo que les interesa no es tanto el periodismo o la investigación sino más bien vender a como dé lugar, ¿no?, el entretenimiento disfrazado de información… A fin de cuentas lo de hoy, ¿verdad?, lo que es…

—Señor, le digo, el licenciado…

—Pero le digo, incluso así, la columna puede difundir, digamos, todos los hallazgos que son verdad, de hecho todos los míos son verdad, pero que estén relacionados con algunos temas de venta segura.

—Señor, para que el licenciado lo reciba tiene que tener cita…

—Mire, por ejemplo: la pareja de Coventry que rompió violentamente al saber ella que él también era ella (es decir, los dos eran el mismo), tras un cambio de sexo y un viaje hacia atrás en el tiempo; la cofradía de Agboville, ¿ha oído hablar de Agboville?, bueno, si no le pasará como a mí, un lugar nuevo, pensé cuando supe, algo interesante… ah, pero le decía, la cofradía de Agboville que está compuesta por botes de pintura en aerosol y de ideología ultraconservadora, y que es muy interesante porque se dejan vender a personas de izquierda para rociarles los ojos y grafitearles las paredes, o si no los múltiples casos que hay de equipos raros de futbol, fíjese, como éste, por ejemplo, que todos son el mismo, y que por eso juegan bien coordinados… a este caso, por cierto, llegué por unos viajes que hice a Hungría y a varios lados por el estilo…

—¡Oiga, ya!

—Y todo es baratón, ¿no?, vulgar, si quiere. No es para intelectuales. Pero precisamente por eso… Seguro que vende, ¿sabe?, seguro que… ¡Por supuesto que se da cuenta!, ¿verdad? Yo no soy una persona inocente o tonta, le aseguro que no, entiendo que el mundo puede no pensar como uno y que puede ser hasta muy extraño todo esto, pero ¡precisamente, señorita, precisamente su periódico o pasquín o revista, lo que sea, lo que sea está bien, precisamente anda buscando novedades! ¿No? ¿No es así? ¿No se trata de que la gente se distraiga, que desconecte un rato el cerebro…?

—¡Ya…! ¡Licenciado…!

—¿No quiere cosas nuevas? Esto es nuevo. Nuevecito. Y por lo tanto… por lo tanto disculpe que me exalte, me siento un poco como algún jefe que he conocido, un capo, digamos, así les dicen también ellos… Me refiero a los del Intersticio, ¿sí los conoce?, son una banda terrible, a lo mejor ya escuchó hablar de ellos porque siempre que hablan se ponen como yo, como locos, y entonces… También les dicen los Hombres del Espacio, ¿sí ve por qué? Espacios… intersticios…

5

Entonces, es decir, tras largo rato del plan de Kustos; muy, muy aturdida la secretaria y muy, muy fastidiados todos los otros que escuchaban, dijo el editor —el *boss,* el Jefe Máximo— tras de la puerta gris de su privado:

—¡A ver, ya, Cristi! ¡Ya que pase!

—Pero, licenciado…

—Que entre, carajo, ya, lo que sea para que se calle.

Y Kustos entra: alegre, la barbilla en alto, caminando despacito como si oyera música de fondo —la *Pompa y circunstancia* de Edward Elgar o la marcha nupcial de Felix Mendelssohn— y va derecho a la sillita humilde que mira al escritorio de nogal y al gran sillón de cuero en el que está sentado, muy severo, el editor.

Y le repite *todo:* nuevamente cuanto ya ha dicho antes a la secre: anécdotas y notas y propósitos y diaria la columna por favor y mire que podemos ser rentables y decidí venir a verlo a usted en vez de a aquel amigo del vecino que vende de esos pisos laminados y mire aquí los dos que son de Coventry y en realidad son uno y vea las latas con vida el multiequipo de futbol los malos hombres de los intersticios y todos mis demás descubrimientos que son tan raros y es que me dijeron que en este diario sí se publicaban textos afines a mis propios textos y sólo con saberlo y entenderlo se me quitó una angustia milenaria era le juro como una persona como un fantasma terco y aburrido como una herida aquí sobre del pecho, y varias cosas más que no dijimos anteriormente porque el parlamento de Horacio Kustos en la recepción duró la eternidad y dos montones (vale decir, lo que sus propias penas) para quienes lo oían.

Y que entonces el editor se para muy, muy serio; de arriba abajo lo contempla a Kustos; y dice al fin con voz tonante y agria:

—¿De qué chingados…? ¿Qué, le parece que este periódico es el *Semanario de lo Insólito*? ¿O qué?

Y decretó que dos hombrones serios (y muy violentos), que con él estaban, cayeran sobre él y a los trancazos. Los guardaespaldas, claro, obedecieron, con gran dolor de Kustos, tipo bueno y de serenidad.

—Pa' que sigas molestando al licenciado.

—Pinche pendejo —dijeron ellos.

—Ay —se quejó Kustos en más de un momento.

El editor pensó, muy satisfecho, que así disciplinar a aquel imbécil era lo menos que le reclamaba su gran realce como periodista.

—Ya, ábranmelo a la verga.

Arrellanado en su sillón de cuero, solo otra vez, oyó de lejos varios ayes muy juntos: era Horacio Kustos, mal arrastrado por los guardaespaldas, camino de la puerta de salida.

Se supo aún enojado, mas contento: libre de advenedizos y molestos y vindicada su reputación de inaccesible, de muy importante.

6

Y en este instante, sin aviso previo: como un recuerdo nimio que regresa tras muchos años de no aparecer, como un dolor que daba, de tan sordo, la pinta de ya no sentirse más… insidiosa y sutil, en fin, y artera, así llegó hasta el editor la Angustia:

Primero gris, pequeña, casi nada: sólo un vaguísimo desasosiego que aparecía en su alma si pensaba en Kustos parloteando, en su sonrisa, en sus lamentos al ser expulsado de la oficina... Comenzó a ser peor cuando advirtió, tras una o dos semanas, con cuán inusitada persistencia pensaba en Kustos: diez veces un día, quince al siguiente... y mucho peor aún cuando a sus ademanes y su voz, su estampa desgarbada, las locuras que le escuchó decir, se le agregó la idea terrible por absurda, estúpida, ridícula y *tan terca como para no abandonarlo más,* por más que hiciera, de que aquel loco sólo pretendía darle un *mensaje...*

No era la primera vez que pasaba semejante cosa: ya había tenido que sobrellevar extraños mensajeros, entre otros, de sus amigos en el narcotráfico, sus enemigos en el narcotráfico, sus muchos cómplices de la política o bien los muchos otros que lo odiaban (él era un hombre muy comprometido, en el sentido más servil del término). Y aquellos emisarios siempre empleaban palabras y ademanes misteriosos, o bien insinuaciones oscurísimas, sobreentendidos, alusiones crípticas muy semejantes (¡ahora lo pensaba el editor!) a la conducta absurda de Kustos, que además (¡sí, claro, cómo no lo había visto!) debía ser seudónimo: tan sólo un signo (¡muy, muy evidente!) de su naturaleza de *custodio* de informaciones, de secretos viles...

Y no podía, se entiende, *preguntar* a nadie de sus muchos valedores: ¿qué les diría? ¿Y a *quién*? ¿Cómo saber? ¿Cómo indagar y no meterse en líos?

(Don J*** no sabía —por ejemplo— que el editor se hablaba con don C***... ni viceversa...)

Poco a poco, aquella zozobra fue creciendo: no dejaba más a nuestro editor ni por las noches, ni en los momentos de trabajo duro, ni en las reuniones (dignas con su esposa, alegres con su amante, de lealtades, cábalas y murmullos con sus pares y sus subordinados, en fin, típicas de los hombres de fuste)... ni de hecho *en ningún sitio,* y *nunca:* cada rostro le parecía el rostro largo y magro de Kustos; cada voz era su voz; cada sombra y silueta la de él, cada ademán y gesto se le hacía hecho con esas manos largas, cada historia que escuchaba o que leía sonaba igual de absurda, igual de extraña, hecha de aire y de velocidad y de luces remotas… portadora de extraños símbolos…

—A lo mejor ni siquiera es por el mensaje —se lamentó, en voz muy baja y muy entristecida, mientras yacía al lado de una hetaira polaca o serbia—. A lo mejor soy gay.

Y repentinamente un grito se le forma en la garganta, y ahí se queda días y días y días mientras el editor finge que vive pero ya no, y se nota:

—¿Qué tienes hoy, güey? —le pregunta el gran gobernador en su mansión, mientras discurren una gran campaña de desprestigio contra un adversario.

—… ¿Qué?

—Te estoy hablando y te quedas como lelo, güey, ¿qué pedo contigo? —pregunta el góber.

—Seguro entonces —dice el editor—, todo bien. No hay ninguna cosa pendiente…

—¿ME ESTÁS OYENDO SIQUIERA?

—¿Qué?

(El editor, sobresaltado, entiende que había estado pensando en altas latas en un estadio lleno de asesinos; timbres, bocinas, voces le parecen sirenas dando aviso de una bomba, como las de Berlín en los postreros meses de Guerra, allá en el siglo XX… y en realidad ninguna de ellas se oye…)

—Necesito que me ayudes, cabrón —le pide el góber—. Le tenemos que echar harta mierda a ese cabrón, porque te digo, ya me tiene hasta la pinche punta del…

—Con todo gusto le echamos lo que usted quiera, señor —dice el editor—. Nada más a él. ¿Verdad?

—¿Cómo que nada más a él?

—¡No, no, no! ¡A quien sea, a quien resulte responsable! Claro. Todo bien… ¿Verdad?

El hombre, fastidiado, lo atenaza. Luego lo zarandea:

—¿Qué chingados te pasa, cabrón? ¿Eh? ¡Ya, despierta, carajo!

Y el editor, entonces, oye esto (y más que oír: percibe con el cuerpo todo, y más que percibir, *habita* esta visión de lo que le vendrá):

7

En unos meses, en una ciudad chica y desmedrada, tendrá que visitar por cortesía la casa de ese capo ya mentado:

—Don C***, es que ¿qué le digo? —le dirá—. Estando ahí con el gobernador, de pronto… estaba yo muy angustiado…

—¿Qué te pasa, pinche Martínez?

—De pronto que me llega una visión, así, del… del futuro, pues. No sabe, don C***, qué cosa horrible. Yo lo estaba…

—¿Te estás metiendo algo, cabrón?

—Bueno, también, así visión, visión… no era, como las de… Usted me entiende…

—Óyeme, pinche Martínez… Ya todo el mundo anda hablando de que estás como atarantado, de que dices cosas raras… ¿Estás enfermo?

—No es eso, no, no es eso… Es que, le digo, más bien oí una voz que lo contaba… Que hablaba del futuro: justamente de hoy, de esta visita que le hago… ya sabe, toditito mi respeto…

(Aquí, ya, el capo no le dirá nada.)

—Yo pude oírlo entonces. Yo aquí estaba. Contaba cosas y me hablaba usted, y luego hablaba yo… Pero la cosa más rara, lo que más me impresionó, es que era como ritmo. Así sonaba. Como si todo fuera al mismo paso que marcaba la voz. Y yo también hablaba igual. Como recitadito. Como si me llevaran…

"¿Sí me entiende? Cada palabra de las que decía la estoy diciendo ahora… tatatata, tatátara tatata tata tata… con todo y que seguro ha de pensar usted que estoy pasado…

"Pero entonces abrí los brazos, justamente así como los abro ahorita. Y me paré, como me estoy parando, y le grité, así, ya como loco:

"¡Oiga las sílabas: oscuras emisarias de la Voz, del Orden Escondido, del Palacio del Sí y del No, del Agua de la Incógnita, de la Mirada que todo penetra y nos conduce como se le antoja, y casi no la oímos, y si acaso llegamos a escucharla nos destruye, para que no sepamos que nos rige y nada existe más allá de ella!

"Y luego me calmé, volví a sentarme… tal cual, mire qué bien estoy sentándome. Y supe, así lo dije, que sin duda usted ya ha de pensar que estoy quebrándome por algo, por presiones de algún lado… Sé que ya piensa, dije, que ya están a punto de caerme y de intentar que yo suelte la sopa de…

"¿Me entiende que no puedo callarme? —se reirá, de pronto, el editor, y con más fuerza, como incapaz de ver el gran peligro—. Usted perdonará, don C***, pero es que… ya estando aquí y que todo esté cumpliéndose… verdad de Dios, me siento más tranquilo.

"¡También es, claro, que yo lo sé todo…! La Voz me destruirá pero en el tiempo que he hablado como ella… que he tenido como esta sintonía… yo he sabido. He comprendido todo. Todo el mundo, el universo, se me ha abierto. Entero. ¡Entero! ¿Entiende? Sé por qué la suma de la visita de ese tipo Kustos y de cómo lo eché de mi oficina atrajo la atención de ese Poder, y lo llevó a tocarme… Sé también que el toque de lo ignoto y lo profundo te mata, pero antes te bendice y da el conocimiento… Sé de todas y cada una de las cosas esas de las que me habló Kustos, y de más… Y sé el porqué de todas, y también sus formas y sus reglas, y las reglas que forman a las reglas, y también los fines y el origen…

"¡Y de hecho sé aún de más allá! ¡Sé de las Otras, las potestades más remotas! ¡Grandes, ocultas y esperando su momento… hablando con sextinas, redondillas…!"

El capo hará tan sólo un leve gesto, y el editor será feliz al ver que el gesto es orden clara, y además una orden que proviene no de Kustos, sino de otro, muy bien distinguible.

—*Llegué a pensar que estaba loco. O peor, decía, claro, pues tenía prejuicios... ¡Desde hace meses que hablo como me oye! Pero antes de que aquí el señor dispare, alcanzaré a decir que lo perdono.*

"También llegué a pensar en una embolia... un daño cerebral..."

8

Y tras de oír (para los otros todo lo anterior no duró ni un instante) el editor gritó, gritó, gritó como jamás había gritado nadie, y el señor gobernador gritó pero del susto, y gritaron también sus ayudantes, y seguía gritando el editor, y tantos gritos juntos provocaron que la araña de cristal y oro macizo que colgaba del techo se partiera en siete mil fragmentos diminutos, y el editor se fue de espaldas, y luego se levantó, y alzó la voz entre la lluvia de cristales rotos:

—¡Estoy teniendo una experiencia mística! —dijo, y notó que era un endecasílabo.

Y echó a correr, salió de la mansión del góber sin que nadie consiguiera pararlo, y con más gritos, espantosos, húmedos de saliva, se alejó, salió de la ciudad, siguió corriendo, llegó (esto es un milagro) hasta su propia ciudad, a cien kilómetros o más.

Llegado al edificio del periódico, hizo pausa dramática; después, subió gritando (y por las escaleras) desde la planta baja y hasta el piso más alto, donde están sus oficinas, sin atender a nadie, y alcanzó el corredor que lleva a su privado y ¡pum!, se dio de frente, a toda marcha, con el desprevenido Horacio Kustos.

9

(Él era ya "habitué" de la oficina: día no, día sí, se apersonaba, humilde, con sus doscientas o trescientas hojas, a ver si lo dejaban otra vez hablar de su columna.)

Se impactaron, como se dice ahora, con tal fuerza que volaron y dieron una vuelta completa antes de dar golpe fortísimo en las losas del suelo.

Levantados, Kustos se disculpó y el editor supo que ya era amigo de su secre, de las demás y hasta de los hombrones que habíanlo maltratado. Tanto fue, tanto insistió, con tanta bonhomía, que a todos conquistó: ya eran sus cómplices, secuaces en la idea de suavizar el malhumor del jefe y conseguir de nuevo una entrevista.

—Oiga, licenciado —cariñosa, dijo la secretaria—, ya sí recíbalo, ¿no?

El editor cerró la boca (¡vaya un espectáculo!) y miró al hombre que estaba ante él, no menos vapuleado y, a la vez, no menos levantándose. Y se dio cuenta de que, si bien seguía enganchado en el ritmo y el son que lo movían...

(—Esto que digo es otro endecasílabo —dijo, y era verdad y él entendió.)

... Si bien seguía, decimos, amarrado al sonsonete sobrenatural, ahora veía más claro: Horacio Kustos no era ningún correo de ningún amo ni aliado ni enemigo: más aún, ya no iba a padecer con el recuerdo del hombre todo el tiempo en su cabeza, pues ya no hacía falta: ya era loco por una causa peor, y más recóndita, de la que Kustos no tenía ni idea.

—Y esto quiere decir que no soy gay —siguió, sonriente, ante el enorme asombro de Kustos y de todos los empleados, y al fin se decidió:

—No quiero verlo.

—¿Cómo?

—Oiga, mi lic… digo, señor licenciado…

—¡De veras que no es mala gente!

—¡De veras que no soy mala gente! —repitió Kustos.

—No lo quiero aquí. ¿Qué no me oyó? ¡Ya, largo, que se vaya!

10

Es en efecto así: de aquí a unos meses, Don C*** tendrá una gran preocupación por la cordura (y la fiabilidad) de aquel amigo suyo (o conocido, más bien: un conocido con algunos intereses afines) que estará sentado en un sillón y delirando ante su vista. Y sentirá que *un algo* maloliente, sin forma, se coloca "en lo profundo de su alma", y tanta será su desazón que llamará (muy sutilmente, claro) a algún sicario de cuantos él comanda y éste, fiel, descargará su cargador, entero, pleno en el rostro —fuego sobre fuego, mil soles y un millón de picotazos de ave de acero en ojos, boca y frente, las sensaciones machacadas, sangre de la memoria rota y confundida con sangre del cerebro destrozado; luego el tiempo del pulso, sin palabras, sin comprender el fin, y luego nada— del editor que ahora, en su privado, lejos de todos, sigue trabajando como si nada, pese a haber domado la tremolina de su propia alma con la certeza de que va a morir pero no sólo sabe sino *entiende*…

—Léale el del equipo, el del fut —pide un hombrón a Kustos.

—Ése está bueno, ¿verdad? —dice Kustos.

—¿Pero sí existe eso?

—¿Cuál equipo de fut? ¿Qué es eso?

(Todos están en el recibidor; han dado en congregarse cada miércoles alrededor de Kustos, quien va sólo a verlos y a leerles de los casos más raros que almacena en su carpeta. También les lleva, a veces, una foto, o algún objeto misterioso y bello.

Siguen amigos: Kustos tiene público, ellos, algo de asombro y novedad en sus vidas monótonas, y todos han hecho paces ya con la certeza de que el periódico no va —jamás— a publicarle nada al más grandioso, al último viajero que aún descubre *algo* a esta altura de la historia...)

—¿Cuántas veces les he dicho que todo esto existe? —dice Kustos—. ¡Todo esto es verdad!

Y el editor, tras de su puerta, ordena, perentorio:

—Pérez, Márquez, ¿no tienen más que hacer?

—Sí, licenciado, perdón —dice uno de ellos.

—Luego nos vemos, Magdita, Mary, Cristi, don Bustos —agrega el otro, y ambos gigantones salen.

—"Kustos" —les dice, para corregirlos, Kustos, pero los hombres ya no llegan a oírlo. Y no le importa: sin razón, cree que se acerca al fin el tiempo alegre de que "la gente en general" conozca sus aventuras y (tal vez) con ellas la vastedad del mundo: ese misterio, esa canción remota de las cosas en la que cuanto es dable imaginar tiene su asiento y hora, y lo que no se ha dicho, ni pintado, ni fingido, tan sólo ha de aguardar.

—Y cualquier día de éstos me llega un nuevo aviso, y me toca salir otra vez, y cuando vuelva les traigo todas las novedades —les dice Kustos.

—Pero que conste, ¿eh?

—¡Sí, no nos vaya a dejar de visitar...!

En tanto, el editor no se preocupa por la ligera insubordinación de sus empleados: solo, arrellanado en su carísimo sillón de cuero, cerradas las ventanas y sin luz, rodeado por los signos de riqueza que tanto le costaron a su astucia por tantos años, ni siquiera nota que poco a poco le preocupan menos las cosas materiales y el poder y hasta su vida (que a la vez se acerca, cada día más, a casa de don C***), pues su conciencia —como se decía— se está expandiendo:

11

—Ya puedo explicar
el Nombre Último de muchas cosas;
ya sé de dónde —dice— vienen esas
sombras extrañas que por los ochenta
hicieron sus colonias en pantallas
de Riga y de Rangún; ya sé quién es
el hacedor del Cielo-Que-Se-Bebe,
el de los inconscientes inmortales,
ya puedo —nadie lo oye, pues murmura—
hablar perfectamente en consonancia
con la Voz misteriosa (que es, por cierto,
falible en los acentos al decir
en su itálico modo); ya sé quiénes
son los patrones vagos y elusivos
de Horacio Kustos, y por qué le pagan
por explorar el mundo, y dónde están,
y cuándo han de volver
                        —y así se pasan
las horas en la sombra y en la espera.
("Final feliz" es el que llega antes
de los finales menos agradables.)

Polo

○

1

Horacio Kustos va y, después de mucho tiempo de buscarlo, compra un mapa antiguo: un mapamundi de proyección equirrectangular, tamaño carta, de fines del siglo XX, con división política y nombres.

—¿No quiere que le busque otro más viejo? —se queja la encargada, quien se encontró dicho mapa en el fondo de una caja que no se había movido en años, pero Kustos sale de la papelería muy satisfecho, pues el dibujo de los continentes es el adecuado.

—Ya no los hacen así —dice él—. De hecho casi ya no hacen de ningún tipo. Pero lo importante es esto, mire: los meridianos, al contrario de como se ven en un globo terráqueo, aquí aparecen como si fueran líneas rectas y equidistantes, de modo que el dibujo de los continentes se distorsiona más y más según se aleja del ecuador.

—¿Qué?

—Groenlandia, por ejemplo, aparece tan grande como Canadá aunque en realidad es mucho más pequeña.

—¿Qué?

—Y por el otro lado —prosigue Kustos mientras camina a paso vivo hacia la avenida—, lo de menos es que haya dos Alemanias en vez de una o que diga "Unión Soviética" en vez de "Rusia".

—¿Usted es maestro?

—Claro que no. Soy, digamos, sí, digamos explorador. Expedicionario. Investigador. ¿Me entiende? Y bueno, lo importante, en todo caso, es esto —y señala la parte inferior del mapa—. ¿Ve cómo queda la Antártida en el mapa?

—¿No se llama la "Antártica"?

—No. ¿Ve cómo está toda deformada por la proyección?

—¿Cuál proyección?

—La que le acabo de explicar: la proyección de la forma aproximadamente esférica de la Tierra —responde Kustos, para gratitud de algunos lectores— sobre una superficie plana. Este tipo de mapa servía para navegar con brújula (es decir, en aquella época, cuando se hacía eso, ya sabe, Colón, el capitán Cook, esa gente)…

—¿Quién?

—… porque las rutas de los barcos podían trazarse en línea recta sobre el papel. Y esto era posible, precisamente, porque los meridianos se ven siempre equidistantes, de modo que se cruzan con los paralelos siempre en ángulo recto… Había que navegar tan cerca del ecuador como fuese posible, pero claro, en esa época (y éste es precisamente el gran atractivo de la cuestión) la gente no iba por ahí con ganas de ir a explorar los polos, ¿sabe? A duras penas tenían con cruzar el mar por donde más o menos ya sabían sin que les diera escorbuto, sin que los hundiera una tormenta…

—Me tengo que regresar a la papelería —se queja la encargada, quien es desgarbada, de trasero amplio, muy pocas cejas y pelo negro en una cola apretadísima, mientras ambos cruzan con gran peligro los seis carriles de la avenida, entre bocinazos y rugir de motores.

—Espéreme tantito —le ruega Kustos, con esa convicción y esa simpatía.

—Pero me tengo que regresar —repite ella, con tono de angustia, mientras Kustos levanta la mano para detener un taxi.

El hombre voltea a mirarla y se da cuenta: en efecto, es raro que la encargada haya salido de la papelería y siga conversando con él y además no se regrese, simplemente.

Pero luego le gana el entusiasmo y saca el mapa, que estaba doblado en cuatro y metido en el bolsillo de su camisa, y saca sus plumas de colores y rápidamente dibuja y explica, para que se le entienda más allá de toda duda:

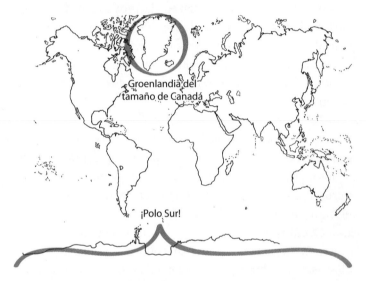

—¿Qué es eso del Polo Sur? —pregunta la encargada, mientras abordan el taxi, pero Kustos se demora para indicar al conductor que vaya al aeropuerto.

—Mire bien el mapa —dice al fin.

—Me van a correr de mi trabajo…

—Nada más mire bien y se dará cuenta de que el continente antártico, que es una isla, bueno, una islota alrededor del Polo Sur…

—¡Me hace falta el dinero!

—Nada más vea esto. Además de que aquí la islota, bueno, viene siendo un continente… además de que se ve más grande que los otros cinco continentes, ¿en qué punto está el Polo Sur, es decir, qué punto del borde inferior del mapa…?

"Más adelante —pide al conductor—, en internacional, señor, por favor, salidas internacionales…

"Gracias. ¿Y usted sí lo ve, lo ve, lo ve, se da cuenta?"

—¿De qué? —pregunta la encargada, "hecha un nudo de angustia" mientras bajan del taxi y se mezclan con la multitud de turistas, empleados con cartelitos de papel, viajeros muy importantes y muy ocupados.

—La distorsión —dice Kustos, clamoroso—. *La distorsión.* La distorsión en la forma de los territorios crece y crece hasta que en los polos se vuelve infinita y todo se vuelve infinitamente grande. Y así, resulta que el *punto* que debería ser el Polo Sur, el *punto* exacto donde se juntan todos los meridianos, ese *punto,* punto sin dimensión, sin largo ni ancho ni nada, en los mapas de proyección equirrectangular, se convierte en una línea, mire, una línea larga, larguísima, ¿la ve?

—¿Al menos puedo hablar a la papelería? —pregunta la encargada, a quien Kustos da un pasaporte a su nombre y un boleto de avión, provistos ambos (así se le ocurre a ella) por voluntades poderosas y terribles.[1]

---

[1] No es tan infrecuente el curioso efecto de *arrastre* que afecta a la encargada debido a la presencia de Kustos (guardián o testigo de fuerzas heteróclitas), y debido al cual —como consta en los testimonios disponibles— ésta no fue capaz de volver a su ciudad ni, desde luego, a la papelería en la que trabajaba sino hasta después de veintiséis meses, cuando reapareció "con extraños vestidos, la cara cruzada por una cicatriz, la piel tostada por el sol ecuatorial, las cejas crecidas, el cuerpo entero muy tonificado y la mirada más profunda, para confusión de sus amigos y parientes". Algunos autores atribuyen el fenómeno a una suerte de atracción irresistible, semejante a la gravedad, que ciertos personajes de gran empuje y energía podrían ejercer sobre otros de verdad más trémula; otros adjudican el mismo poder a lugares y edificios, y aun objetos inanimados. Antes de los sucesos que aquí se relatan, Horacio Kustos ya había arrebatado a una mesera en un restaurante de Asunción, a una banda de rock en Dallas y a dieciocho tripulantes de un

2

Mucho más tarde, el avión sobrevuela con dificultad varias altas cimas de la cordillera de los Andes.

La encargada ha dejado de llorar y Kustos —un poco incómodo porque tampoco se siente del todo libre, ni con el pleno control[2] de lo que pasa— se anima a hablarle nuevamente.

—Mire… Todo esto empezó porque me llamaba la atención…

—Me hubiera dejado hablar por teléfono. No le costaba nada —lo interrumpe ella—, ya después se ponía a ligar —y empieza a llorar de nuevo, quedamente. Luego se vuelve para quedar mirando hacia la ventanilla y finge dormir. Pero de todos modos se enterará: Kustos empezó ésta, su más nueva aventura, simplemente por pensar en ese punto vuelto línea, en el borde último del mapa, transformado por la distorsión infinita de los polos en la proyección equirrectangular.

—Lo que me llamó la atención —explica él, como si dijéramos, hablando hacia la cámara— fue en realidad el que haya habido tantas dificultades para alcanzar el Polo Sur. Ahora ya hay hasta hoteles por allá, ¿no?, pero muchísima gente

ferry que hacía el recorrido de Hong Kong a Macao; estos últimos, todos hombretones curtidos, sin que mediara su deseo y entre expresiones de lo más diverso lo siguieron hasta una cantina de bajos precios y parroquianos violentos, en la que seis de ellos se quedaron a vivir "porque ya no se aguantó salir, ni cuando se fue el de la influencia". Queda por explicar cómo aparecen boletos, pasaportes y otros accesorios necesarios para los desplazamientos. [N. del E.]

[2] Aunque, como se ha visto, no dudó en proseguir la marcha ni en dar a la muchacha un pasaporte y un boleto que no tenía idea de llevar consigo. El otro efecto misterioso que pudo verse en ese momento, por supuesto, es el de la *aclimatación* a lo extraordinario, que Horacio Kustos logra con una facilidad pasmosa y algunos consideran una habilidad necesaria: una suerte de mecanismo de defensa de las personas como él. [N. del E.]

murió y sufrió hambre y perdió dedos y manos y pies por la hipotermia tratando de llegar... La expedición de Shackleton de 1914, la de Scott en 1912, la de los caníbales de John Franklin, que se perdieron en 1845... aunque de hecho todavía no se comprueba que hayan sido caníbales... y Franklin fue más bien al Ártico... y de hecho ni siquiera estaba buscando un polo... y el más cercano a él, claro, hubiera sido el Norte y no el Sur... En fin, en cualquier caso hay un montón de historias. Y yo pensé: sí, llegar es dificilísimo, pero ¿no habrá habido, encima, la dificultad adicional de que usaban mapas inapropiados?

—¡Qué ignorante! —dice un historiador experto en el tema, pero está en Anchorage, Alaska, y habla con su gata, Muffin, que acaba de tener cachorros.

—¿Qué tal —prosigue Kustos— que buscaban un punto sin darse cuenta de que el mapa que usaban les distorsionaba el terreno, y más bien debían dar con una línea, y además una línea infinita, que aun si se encuentra no se acaba nunca?

—Ya cállese —dice, de pronto, la encargada de la papelería, sin mirar a Kustos. Pero éste murmura, todavía, para nosotros:

—A lo mejor el capitán Scott (quien fue un distinguido explorador inglés, y en 1912 competía con el noruego Amundsen a ver quién llegaba primero al Polo Sur) hizo aquella marcha suya tan terrible y famosa por los campos de hielo de la Antártida precisamente sobre la línea, a la busca del punto, y sin darse cuenta de que ya había llegado. A lo mejor Amundsen sí se dio cuenta y por eso pudo plantar primero la bandera de su país, y por eso Scott perdió, y a lo mejor por eso regresó deprimido por el mismo camino sin fin y en esa segunda marcha espantosa que le costó la muerte por congelación a él y a sus compañeros de infortunio...

3

—… y en todo caso, incluso si no se quiere creer nada de mis especulaciones históricas, y hasta si estoy diciéndolo todo mal y de manera muy descuidada y desinformada, no se puede no considerar el potencial para la exploración que hay en la idea del Polo Sur convertido en una línea. ¡Qué extensión, qué distancia maravillosa y riquísima para recorrer, que nadie más había visto…!

—Pinche —dice la encargada de la papelería.

—¿Qué?

—Chingado.

—Discúlpeme, está bien que usted no quería venir…

—Puto.

—De hecho yo tampoco sé muy bien cómo vino a dar… Mire, una vez, en Macao…

—Frío —alcanza a completar, al fin, la encargada, por entre sus dientes que castañetean.

Los dos, lado a lado sobre el trineo tirado por ocho perros, traen gruesos abrigos a la usanza esquimal y todos los implementos necesarios —botas, ropa interior gruesa, guantes, lentes oscuros— para abrirse paso por la llanura antártica, que se extiende ante ellos blanca y vacía bajo el cielo profundo, pero ella está mucho menos habituada que Kustos a los rigores del clima.

Él dice:

—En unos cuantos kilómetros, cuando pongamos nuestro campamento… Traigo algo buenísimo para el frío. No es alcohol, ¿eh?

Ella voltea a mirarlo pero no dice nada.

—Es —prosigue Kustos, incómodo— como un concentrado… Se usa en la tundra desde la antigüedad. Está hecho de carne y un montón de grasa… tiene un montón de calorías y de proteínas para aguantar…

La encargada sigue sin hablar.

—Nunca me acuerdo… cómo se llama la porquería…

—Pémmican —dice Lorenzo, quien es el novio de la encargada y está en la ciudad de la que partieron ella y Kustos. Está desnudo, tendido en una cama junto a otra persona desnuda, mirando el techo. Por supuesto no conoce el significado de la palabra y el haberla proferido lo turbará durante algún tiempo.

—¿Ya vamos a llegar al Polo? —pregunta la encargada, con dificultad—. ¿Ya me voy a poder ir?

Su voz es tan desolada que Kustos sólo puede decir:

—Mire, le repito, yo no sé exactamente cómo pasó que usted viniese hasta aquí conmigo, así que… no, no sé… pero por lo demás, *ya estamos* en el Polo.

"Así que ¡so! ¡Alto, alto! —agrega, para detener a los perros.

"¿Qué le parece? —pregunta, bajando del trineo y señalando con la mano abierta la llanura (como ya se dijo) blanca y gris y vacía, barrida por el viento, con el sol muy alto en el cielo."

—¿Esto es el Polo?

—Ya le había dicho, justo antes de que subiésemos al trineo. ¿No se acuerda?

La encargada, sorprendida, pregunta:

—¿Cuándo nos subimos…?

Kustos se le queda mirando.

—Hace un rato… Aunque ahora que lo menciona, yo tampoco lo recuerdo… Bueno, no importa. En todo caso, le decía, esto es una parte de la línea del Polo. De la línea infinita… Nadie había estado aquí a sabiendas. ¿Se da cuenta? Usted y yo somos pioneros. Y podríamos pasarnos la vida entera siempre hacia delante, sin parar, igual que hemos andado las últimas cuatro horas, y nunca llegaríamos a ningún lugar conocido…

—Me quiero regresar.

—¿Adónde?

—¡A mi casa, a la papelería!

—Pardon me?

Los dos, sobresaltados, se vuelven y ante ellos están cinco hombres, altos pero encorvados, con las caras quemadas por el frío y uniformes absolutamente insuficientes para las temperaturas glaciales. Están uncidos a dos grandes trineos cargados de cosas.

—What? —dice la encargada, con expresión a modo.

—*¿Qué hacen aquí? ¿No deberían estar más abrigados?* —pregunta Kustos.[3]

—*No pudimos conseguir nada mejor y teníamos prisa* —responde el que parece el líder de los cinco, y que en otras circunstancias tal vez se vería alto y gallardo; tiene ojos grandes y profundos y una hermosa voz de tenor—. *Tendríamos que haber llegado antes que Amundsen.*

—¿Qué dice?

—Please, dear, not now —dice Kustos—. *¿Capitán Scott? ¿Señor?*

—*¿Vienen del campamento? ¿Ya estamos cerca?* —pregunta el hombre. Kustos observa que uno de sus compañeros deben ser (tal como dicen los libros de historia) Oates, aquel a quien se le gangrenaron los pies y acabó suicidándose para no retrasar el avance de los otros: está erguido pero con grandes esfuerzos, apoyado en los dos que lo flanquean, y sus botas sólo tocan el suelo con las puntas…

—*No, señor, lo siento… No sabemos de su campamento. Somos una expedición independiente.*

—*¡Otra más!* —grita el hombre, y como si el esfuerzo hubiera sido demasiado, se inclina hacia delante y parece, por un

---

[3] Las palabras en cursiva de estos parlamentos están, por supuesto, traducidas del inglés. [N. del T.]

momento, a punto de caer—. *¡Ah, ruina y condenación, pertur-
badoras intimaciones, noche oscura del alma!*[4] *Y pensar que a nosotros nos iba a caber el honor de ser los primeros…* —y, sin decir
más, los cinco empiezan a caminar, con gran dificultad, arrastrando sus trineos.

—¡Oigan! —comienza la encargada, pero Kustos la hace
callar.

—No creo que hablen español.

—¡No importa! ¿No deberíamos, no sé, llevar al que está
lastimado, darles de esta cosa que usted tiene?

—No les serviría de nada —responde Kustos—. ¿No se
dio cuenta de quiénes eran?

—No.

—¡Era el capitán Scott, el que llegó en segundo lugar al
Polo Sur y tuvo una muerte espantosa! ¡Eran él y sus hombres!
¿Nunca vio sus fotos en los libros?

—¿*Qué libros*?

—¡O en la televisión! —dice Kustos—. ¡O en la Wikipe-
dia! ¡O en alguna lámina de las que vende…! Bueno, no importa. Esto, de todas formas, nos deja con algunas preguntas…
Aunque…

"Ah, ya sé. Por supuesto."

Empieza a soplar un viento que barre, aullante, la planicie.
Ni Kustos ni la encargada consiguen precisar desde dónde sopla.

De pronto Kustos dice:

—¡Eso es!

La nieve no deja de verse blanca y vacía.

—Ya tengo la respuesta.

El viento no deja de soplar.

—Ya está —insiste Kustos.

---

[4] La traducción de estas palabras es (paradoja) muy libre y muy mojigata
a la vez; por otro lado, reflejar mejor su sentido en el original inglés hubiera sido mucho peor para la reputación de Scott y de los suyos. [N. del T.]

La encargada está mirando cómo la nieve, aquí y allá, se levanta en nubes blancas y tenues que se arremolinan mientras suben, cada vez más alto, hasta perderse en el blanco del cielo.

—Este... Disculpe...

Un pez dorado insiste en nadar de lado en su pecera, situada en la ciudad alemana de Gotinga.

—¿No me va a preguntar? —pregunta Kustos.

—¿Qué cosa?

—¡Oh, por Dios! Bueno, mire, de todas maneras le voy a decir: si uno viene al Polo Sur y en verdad se las arregla para andar sobre la línea de la distorsión infinita, como lo hemos hecho nosotros...

La encargada no dice nada.

—... ¡entonces no es nada difícil pensar que esa línea podría volverse como una especie de *horizonte de sucesos,* es decir, que la distorsión podría no sólo ser del espacio sino del tiempo mismo!

—Y entonces podrían aparecer, sobre la línea, seres del remoto pasado, o del futuro.

—¡Exacto! —grita Kustos, entusiasmado, pero en realidad la encargada no ha cedido a su afán seudocientífico[5] y se limita a mirar, con una expresión de horror, a quien realmente habló: es un pingüino de alrededor de metro y medio (es decir, bastante alto), de movimientos nerviosos, perfectamente vestido para soportar el frío polar desde los guantes sin dedos hasta la capucha, por la que asoma su pico amarillo.

---

[5] Aunque no se debe olvidar que el éxito de la expedición dependía por entero de creer en la posibilidad de que el mapa, distorsionado como está, pudiera leerse como el mapa de un territorio auténtico: había que empezar pensando en toda la gente que lo había hecho durante tantos siglos, luego repetirse que el mapa era útil, luego persuadirse con mucho esfuerzo. Esfuerzo persuasivo, desde luego. [N. de H. K.]

4

La encargada grita.[6]

—Buenas tardes —dice el pingüino—. ¿Por casualidad es usted un ser humano, de los extintos…?

La encargada, por no mirar a la criatura que comienza a hablar animadamente con Kustos, se da cuenta de que los perros han comenzado a retroceder con las colas y las orejas gachas, pero pierde segundos preciosos pensando que no sabe cómo amansar animales. Y, de pronto, los ocho están corriendo, cada vez más rápido, aullando de miedo y llevándose el trineo con ellos.

—¡Alto! —grita, imperiosa, incontestable, un ama de casa en la playa de Negril. Sus nueve hijos se detienen, dejan caer las resorteras y vuelven, contritos, hasta donde ella está, y aquí en la Antártida la encargada, que se ha quedado muda, tiene la siguiente revelación: el recorrer como si fuera una línea infinita el Polo Sur (que es un punto) no es nada más una idea ridícula, sin el respaldo del sentido común ni —sospechó ella, de pronto— de la verdad histórica sobre los mapas empleados por los grandes exploradores: cualquier empresa que exija caminar por lo imposible exige, sobre todo, un esfuerzo de la imaginación dispuesta, que se impone sobre el mundo y le agrega dimensión y distancia.[7]

Las palabras le parecen absurdas apenas se han formulado para ella, pero además tienen este corolario: sólo una persona

[6] Lo que me parece totalmente natural. Usted hubiera gritado también. Y lo que el señor Kustos no dice es que el dichoso mapa ni lo sacó cuando llegamos hasta acá. ¿Para qué tanto desmadre con él? ¿Y en la papelería? ¿Y conmigo? [N. de la E.]

[7] Y lo que no dice la señorita es que de cualquier forma estábamos *allí*, lo que quiere decir que mi esfuerzo para interiorizar la creencia en ese espacio, en esa dimensión y en esa distancia, fue un éxito completo aunque ya no sacara el mapa con el fin de ayudarme. [N. de H. K.]

que no las creyera absurdas podría ir tras los perros, que van corriendo justo por la línea del Polo, con alguna esperanza de alcanzarlos. Y Kustos sigue hablando, cada vez más exaltado, con el pingüino:

—¿Entonces se extinguieron? —pregunta—. Digo, ¿nos…?

—Sí, completamente, y los pingüinos pasamos a ser la forma de vida superior en el planeta. De hecho, sabemos de ustedes nada más por sus visitas a la Línea del Polo. Eso sí, nos agradan. Entre quienes gustamos de venir para ver otros tiempos, son populares sobre todo el Hombre de los Pies Gangrenados, la Monologuista, el Vendedor de Cédulas…

—Oiga —dice la encargada.

—Un momento. ¿Entonces no quedó nada?

—Oiga.

—Poco: tratados de cartografía donde se explica la proyección equirrectangular,[8] diccionarios que yo memoricé para hablar sus idiomas cuando encontrara a alguien de su especie…

—Oiga, usted… ¡Usted! ¿Cómo se llama usted? ¿Ignacio…? ¿Señor?

—Espere un momento, por favor —dice Kustos—. Qué azar tan prodigioso y conveniente. Lo del diccionario.

—¿Verdad que sí? También algunos libros de un explorador, un tal Horacio…

—¡Oiga, los perros…![9]

—¿Dice usted Horacio? —dice Kustos, y en un aparte, con murmullos muy secos—: Cállese.

—¡No, es que los perros…!

---

[8] Y de los que inferimos la existencia o la posibilidad de la Línea como Tiempo Absoluto: eternidad e infinitud para quien pueda olvidar un poco lo imposible de tan vastos conceptos. [N. del P.]

[9] La verdad, lo que estaban platicando no servía para nada en ese momento. [N. de la E.]

—¡Cállese! ¡Éste es un... un momento histórico! ¿No se le ocurre nada mejor que hablar de perros?[10]

—¿La hembra de su especie dijo *perros*?

5

Más tarde, quien redacte estas notas sobre el viaje de Kustos escribirá:

"Más tarde, quien redacte estas notas sobre el viaje de Kustos escribirá:

'Más tarde, quien redacte estas notas sobre el viaje de Kustos escribirá'"...[11]

6

... Pero luego,[12] apretando los dientes,[13] tras un esfuerzo en verdad sobrehumano, podrá resistirse a la tentación del infinito[14] y continuará refiriendo que los dos humanos, Kustos y la encargada, se sorprenden al ver que el pingüino abre el pico, y deja ver dos hileras de dientes enormes y afilados.

[10] ¡Pero, en cambio, lo que estuvo a punto de suceder entonces podría haber sido importantísimo! [N. de H. K.]

[11] Y mientras tanto seguían yéndose los perros. [N. de la E.]

[12] Creemos necesario aclarar que las notas del editor, indicadas "N. del E.", no deben confundirse con las notas de la encargada de la papelería, indicadas "N. de la E.", en virtud de que son obra de personas totalmente distintas. [N. del E.]

[13] Como si yo quisiera que además de todo lo demás que me ha pasado me anduvieran confundiendo. [N. de la E.]

[14] El mono se ocultaba en los rincones oscuros de la habitación, y durante unos momentos continuó gimiendo y quejándose. Seguidamente dio un salto ligero y gracioso sobre un pedestal que sostenía la cabeza de mármol del filósofo Manuel Kant. [N. de Karen Blixen, *Siete cuentos góticos*.]

—Perro —dice, y de inmediato da un salto y echa a correr tras los ocho perros, que ya van muy lejos, y Kustos va tras él dando enormes gritos, y el redactor, a falta de testigos o declaraciones pertinentes, teorizará que los pingüinos, en sus grandes ciudades de metal y de madera bajo el hielo, criarán (cuando les toque: cuando hayan pasado los hombres y los recuerdos de los hombres) a los descendientes de los perros actuales para comerlos, como ahora se hace con otros animales.

—Y tal vez los perros tenían miedo de ese futuro inevitable que vislumbraban en el pingüino, como una especie de recuerdo atávico pero al revés… —agregará Kustos,[15] aunque eso será dentro de mucho tiempo, pues ahora corre, corre tan rápido como puede, mientras los perros aceleran y el pingüino se quita los abrigos y resulta que abajo sólo lleva un taparrabo de piel basta, botas del mismo material y un hacha de acero, temible, con gotas de sangre seca y renegrida en los filos.

—¡Peeerro! —grita, con una voz que retumba por encima del viento.

—¡Espere! —grita Kustos—. ¡Espere!

En este momento, la encargada se vuelve hacia nosotros.

7

—Yo me llamo —dice, mientras Kustos aprieta el paso, porque los perros van más y más rápido y el pingüino ruge de modo tal que las infinitudes del Polo, la real y la imaginada, se estremecen— Gabriela Sánchez Contreras. Tengo veintisiete años. Ya sé que me veo un poco mayor. Llevo como dos años en la papelería. No acabé la prepa y siempre me dicen que la debería acabar, pero realmente no le veo caso. Me gusta ver la tele, ir al

---

[15] Eso lo leí después en una novela. O antes. No recuerdo. [N. de H. K.]

cine, ir con los amigos de antro. Mi mamá y mis tías dicen que tengo gustos muy variables porque me encantan Joaquín Sabina y todo lo que sea reggaetón.

—¡Cómo se apellida el autor de los libros! —pregunta Kustos, arrebatado por la vanidad, mientras se aleja.

—Luego pienso que mejor me gustaría casarme y tener hijos, pero Lorenzo, que es mi novio… no sé: sí me gusta, cada vez que podemos nos vamos a un hotel para… —hace una cara rara; luego sonríe—, pero no sé. Se me hace que me pone el cuerno. Si me entero que es cierto se lo va a cargar la chingada, pero si no, se me hace que de todas formas ya no le tengo confianza. Y así pues no.

—¡No vaya tan rápido! —grita Kustos.

—Es que también tiene sus detalles —dice Gabriela—. Cuando le reclamo algo, siempre me dice "así soy, bombón"… ¡Y me da un coraje que me diga bombón…!

—Cosita —dice un viejo en Montevideo a su maceta de marihuana.

—Maricón —replica un niño en Cibitoke, llorando, mientras ríe la pandilla.

—*¡Hombres, hombres! ¡Dignidad! ¿Acaso no son súbditos de Inglaterra?* —pregunta el capitán Scott, desde su tiempo, para que los otros no se entreguen a la desesperación.

—¡Peeeeerrooooo! —vuelve a gritar el pingüino, y luego algo que ya no acaba de oírse bien, y que en todo caso está dicho en su lengua, que suena como crujir de hielos y rascar de piedras.

—¡Nada más dígame el apellido!

—Ahora, respecto a esto, no es que no esté preocupada. Quién sabe cómo le voy a hacer cuando regresemos, porque el dueño de la papelería es un hijo de la chingada y seguro me va a correr… Pero miren, no me quejo. La verdad es que todo está… rarísimo… pero creo que no está tan mal.

—¡Espere! —grita Kustos.

—O sea, haber venido. Hace un frío del carajo —concluye, luego de un momento, mientras Kustos sigue corriendo y ve a su alrededor, como fantasmas, uno tras otro sobre la línea del Polo, a Scott y su tropa condenada, a Amundsen y los suyos, a Franklin y sus caníbales, a Richard Byrd (otro gran explorador de la región, con todo y el aeroplano que usó para sobrevolarla en 1929)[16] y a miles de otros, de todas las formas y tamaños, que para siempre llenan el sitio sin límites que él recorre ahora como si fuese el pasado, siempre tras los perros del presente y el pingüino salvaje del futuro—, y seguro no ha de haber nada que hacer, y a ver si el señor este... ¿Horacio, sí es Horacio...?, a ver si no se acaba perdiendo como los otros que vimos porque entonces sí ya valimos madre...

—¡PEEEEEERRRRROOOOOOO!

—Pero, la verdad, nunca pensé que fuera a venir hasta acá. Es bonito.

—¡Nada más dígame! —ruega Kustos, a grito pelado.

—¿No? —dice Gabriela—. Miren a su alrededor.

—¡Si me dice, lo dejo seguir corriendo!

—Sí, sí, sí, bueno, es todo blanco, y no hay nada, pero a ver: ¿cuándo iba alguien como yo a hacer este viaje?

[16] Eso fue extraño, por supuesto, porque Byrd tampoco pasó por el Polo. ¿Una evidencia de que el espacio se amplía de modos todavía más extraños? ¿Una inserción de alguna otra voluntad? ¿Un capricho totalmente injustificable? [N. del E.]

León

—Pues, la verdad, señor Kustos…

—Horacio.

—Horacio, gracias. La verdad es que… bueno, me va a costar muchísimo explicarle…

—Entiendo.

El hombre sonrió.

—Y yo entiendo lo que usted me está tratando de decir con eso, pero… Es que de verdad es muy difícil. Si pudiera, vaya, no explicárselo con palabras…

Se quedó en silencio.

Horacio Kustos hizo un gesto vago que significaba "siga adelante". Sin embargo, o así le pareció a Kustos, el hombre entendió alguna otra cosa, porque dijo:

—Es que yo no usaba palabras, y ahora, como podrá imaginarse, me cuesta… no, no, es más, me es *imposible*…

—Le entiendo —dijo Kustos para animarlo—. Es decir… Vaya, ¿por qué no comienza… vaya… por qué no empieza desde el principio?

El hombre suspiró y sacudió la cabeza.

—Ay, señor Kustos… el principio… ¿Qué le digo? Yo vivía en África. No sé exactamente dónde porque los nombres, vamos…

—No los conocía entonces.

—No, ninguno, nada. Ahora he visto fotos y era un lugar… era sabana, pues, pero no se puede saber…

—… exactamente dónde —completó Kustos—. No, no, por supuesto, hay sabana en muchos lugares.

—Eso. Para el caso ni siquiera sé cuándo fue esto.

—¿Y cómo era la…? —Kustos movió las manos—. ¿Cómo era el…? —volvió a moverlas, luego se quedó inmóvil, y al fin se dio por vencido—: ¿Cómo era? —preguntó.

El hombre, muy hirsuto pero también de muy baja estatura y grandes incisivos de conejo, le sonrió. Tomó un sorbo de su café, dejó la taza sobre el plato y luego miró hacia arriba.

—No me aburría nunca. No sabía qué era. Aburrirse. Me quedaba tendido, es decir, la mayor parte del tiempo, salvo cuando era hora de comer o tenía sed o había alguien a quien echar. Del territorio. Sí sabe, ¿no?, la idea es que los tres… los dos o tres machos de una manada… Suena horrible decirlo así, ¿no? ¿No cree?

—¿Le suena horrible?

Entonces el hombre se cubrió la cara con ambas manos. Tardó mucho en descubrirse.

—¿Alguna vez se ha encontrado con una persona que no lo haya visto por mucho tiempo, y que se queda muy impresionada con todo lo que usted ha cambiado, con lo que ha subido de peso o con cómo se le ha caído el pelo? —Kustos abrió la boca pero no pudo decir nada—. A mí me pasa eso conmigo mismo. Y peor. No me reconozco, no me entiendo. Recuerdo… la sensación de levantarme del suelo. De no sentir nada en el vientre. Y luego de avanzar a cuatro patas. Ahora sueño que soy… hombre… y que voy así, que camino así, y me levanto y me pongo en el piso y no puedo, los brazos no son patas… ¿Me está entendiendo? Recuerdo también el olor del agua a medio estancar, de la carne ensangrentada, o de las… las hembras… o de los machos. Es distinto. Yo era de los que echaban a los machos errantes, los que no tenían manada por viejos o por débiles. Los atacaba y los vencía. No es que los odiara, porque no odiaba a nadie. Tampoco quería a nadie. Me echaba encima de las leonas y era muy... Era muy fuerte. Yo. Y... Era otra cosa, ¿me entiende? Pasaba entre todos para llegar hasta el animal muerto y metía el hocico entre las costillas abiertas y me llenaba todo de sangre mientras arrancaba los pedazos y era maravilloso... lo que se sentía... Pero es que la palabra "maravilloso" no va. No va ninguna. No le puedo poner a nada de eso... es decir, a lo que hacíamos... es decir nosotros, allá... no le puedo poner las palabras que usamos... es decir...

—Que usamos *nosotros* —dijo Kustos—. Yo, usted, vaya, usted *ahora*...

—Si yo lo viví y ahora ya no lo puedo imaginar, Horacio, imagínese usted. Yo creo que sí pensaba pero ya no le puedo decir cómo. Olía, escuchaba, sentía, me movía, recordaba, sabía quién era quién, prefería a unos por encima de otros... Me acuerdo de cómo se hacía mi pecho, cómo se estremecía, cómo sonaba... Y un día nada más oí como una especie de trueno; me levanté y no vi nada salvo dos hembras que iban corriendo a unos arbustos; les olí rabia y miedo, y luego olí otra cosa que no sabía qué era entonces pero ahora sé que era pólvora... y de pronto se me apareció un hombre. Ahí, parado enfrente de mí. Al principio, siempre me daba la impresión de que eran seres muy grandes cuando los veía de frente, porque me parecía que detrás del cuerpo que podía verles tendrían el resto, pero con el tiempo había aprendido a reconocerlos por el olor y a saber que detrás del tronco... no tenían nada, ¿me entiende?, y que podía con ellos.

Kustos le preguntó:

—¿Y entonces?

—Entonces me mató. Oí los disparos, los truenos, y me caí. Duele horrible. De pronto no se puede respirar y uno nada más mueve las patas un poquito, tiembla, y luego hay que esperar a que pase... Lo malo fue que tardó mucho.

Los dos se quedaron en silencio, sorbiendo café y mirando alrededor. Hombres y mujeres, solos y en parejas, se paseaban por el parque cercano. Varios llevaban ropa deportiva y trotaban. Más lejos se escuchaba música: un grupo de jazz tocaba cerca de una vieja fuente.

—Nunca había oído —empezó Kustos—… Se supone que eso de… de la reencarnación… Se supone que la gente no recuerda.

—Yo recordé de golpe cuando cumplí los veintitrés años. No me pregunte por qué. Primero pensé, claro, que me había vuelto loco, pero al menos no hice lo que siempre hacen en las películas, que se ponen a tratar de convencer a todos de que esto tan raro que les pasa efectivamente está pasando…

—Sí, claro —se sonrió Kustos.

—Y ya. Vivo, me voy a morir, y tengo estos recuerdos… Y soy un tipo cualquiera. Lo único es que los que fuimos… qué horror, oiga nada más qué estoy diciendo… Los que fuimos *Panthera leo*…

—¿Es el nombre…?

—Científico, sí. Nos reconocemos.

—¿Cómo?

—El otro día, en la calle, vi de lejos a un muchachito alto, pálido, con el pelo color platino y la cara llena de piercings… Me acuerdo bien. Tengo la impresión de que era japonés, venía entre muchos otros y, bueno, yo no sé hablar japonés, pero… Bueno. Lo vi, le digo, y supe. Luego luego supe. No me pregunte cómo. Él era…

—Lo conocía.

—¡Habíamos tenido una camada juntos…! ¿Pero qué se le puede decir a alguien en semejante…? Nos vimos y nos reconocimos, él también, y nos fuimos corriendo, cada uno por su lado.

Su mano, distraídamente, acarició la cabeza del perro que había estado junto a la mesa, obediente, durante toda la conversación. El animal movió la cola.

Hoteles

En Reykjavík, Islandia, hay un grupo de estudio especializado en la obra del misterioso Juan Cruz de la Piedra, al que sus miembros llaman (en español) *El Arquitecto del Misterio*. Son taumaturgos, zahoríes, arúspices, y también hay uno o dos pasantes de arquitectura, provenientes de la Universidad. Su lugar de reuniones es un salón clandestino en la calle Safamýri, presidido por un busto de bronce que o bien es de Gunnar Gunnarsson o bien de Loftur el Hechicero (no se ponen de acuerdo), pero que en cualquier caso tiene, dicen, la capacidad de hablar siete veces al año, para anunciar desastres o prodigios.

Horacio Kustos, el conocido explorador, los visitó el verano pasado y les contó de sus diversas aventuras con "don Cruz", como Kustos lo llama. También les ofreció una conferencia, ilustrada con diapositivas, sobre varios de los hoteles diseñados por don Cruz, y que se cuentan entre los más extraños del mundo:

1. La Posada del Agua está en pleno Océano Índico, sobre el Trópico de Capricornio, a unos veinte kilómetros del pueblito costero de Ianantsony en Madagascar. Es un hermoso pastiche *art-decó,* de cuatro pisos y un total de veintisiete habitaciones, pero nada de esto se nota a primera vista: el edificio se construyó bajo el agua y permanece sumergido a una profundidad de doce o trece metros. Además, la Posada se oculta de este otro

57

modo: para conseguir habitación se debe salir en lancha a mar abierto y localizar la recepción, que es en realidad un par de viejos barcos pesqueros anclados justo encima del edificio y mal atados el uno al otro.

Hechos los trámites, cada huésped debe sumergirse por su cuenta y sin equipo alguno en busca de la compuerta de acceso al hotel propiamente dicho, y la gerencia no se hace responsable de *nada*...

—Pero ya una vez adentro, cuando se ha evitado a los tiburones y se ha podido efectivamente entrar, ¡ah, qué maravilla! Se descubre que todos los movimientos son más fáciles, que ya no hace falta aguantar la respiración, que de hecho uno está respirando la saludable agua del mar. Dentro del hotel los hombres se convierten en tritones y las mujeres en sirenas...

—No es cierto —replica un pasante islandés, obtuso.

—Bueno, no, no exactamente —dice Kustos—. Los llamo así por comodidad. Los hombres se vuelven una cosa alargada con tentáculos y las mujeres son como medusas, transparentes, así, diáfanas...

Seducida por las comodidades de la Posada —los sabrosos alimentos, el sueño y el amor sin camas en un entorno ingrávido, las percepciones distintas, la música de instrumentos que sólo sirven bajo el agua—, una porción notable de los huéspedes decide no regresar a la superficie y en cambio ir más abajo aún.

—Pero yo no —dice Kustos—. Imagínense; si no, no estaría ahora aquí con ustedes.

2. El Hotel Pythagorique, sito en el centro de Atenas, es como tantos prismas de concreto y cristal que llenan las ciudades de ahora, pero a la vez es más —más prisma, se entiende— que todos ellos. Mientras proyecta sus diapositivas, Kustos recuerda el gran esfuerzo que tuvo que hacer para hallar el hotel, cuya

forma es tan pura y sin rasgos distintivos que no se queda en la memoria y siempre amenaza con desvanecerse entre los otros edificios que lo rodean. También recuerda los pasillos, que son prismas horizontales; la cama de su cuarto, un prisma amplio y achaparrado, y los prismas casi cúbicos que hacían las veces de sillas. Todo era de un material ni caliente ni frío, ni duro ni suave, sin reflejos metálicos ni opacidad pétrea ni variabilidad orgánica. La luz salía de prismas un poco más brillantes. En el baño había varios prismas huecos de los que toda materia impura resbalaba deprisa, a perderse en el olvido.

En todo caso, la suya era una habitación de tipo económico:

—Lo que hubiera dado —dice Kustos, ahora— por ver las habitaciones de lujo, que son las que propiamente le dan nombre al hotel. Las más baratas de ésas son las de los tetraedros, es decir, aquellas en las que todo lo hacen con tetraedros, pero ni para una así me alcanzaba el dinero.

—¿Cómo es posible dormir sobre un tetraedro? —pregunta alguien.

—En dado caso, sobre un cubo…

—Sí, porque en un octaedro…

—¡O un icosaedro!

Siguiendo las jerarquías de las antiguas doctrinas, la Suite Presidencial del Pythagorique está dedicada al dodecaedro, el poliedro regular asociado con la Quinta Esencia; pero el precio es tan elevado que nadie ha podido entrar todavía ni a pasar una sola noche.

3. Cuando llega el momento de hablar del Hotel Niente, Horacio Kustos recuerda haberse reído del dueño del mismo:

—Por supuesto que diré todo —le dijo—. ¿Quién me lo va a impedir? ¿Usted?

Pero, al proyectar sus diapositivas del hotel, descubre que todas están en blanco: no se ve nada en ellas, y todavía peor: el blanco no es sólo color, sino un vacío profundo, vastísimo, que captura la mirada y parece deseoso de retenerla siempre, de absorberla y de absorber los pensamientos y las percepciones, las palabras, el cuerpo mismo de quien observa... Igual que sucedía con la fachada del hotel...

—Vamos al siguiente —dice Kustos, y aprieta repetidas veces el botón de cambio de su proyector.

—Esto no pasaría si aprendiera a usar PowerPoint —resopla el otro pasante de arquitectura.

4. El Fear Hotel se encuentra en el interior de lo que parece un enorme estudio abandonado en Los Ángeles: aislado de la luz exterior a todas horas, en el centro de una planicie salpicada de árboles falsos y lápidas de cartón piedra, visto desde el norte se parece al Motel Bates, aquel de la película de Hitchcock, pero desde el sur se asemeja al Castillo de Drácula y desde otros ángulos a otros famosos escenarios de filmes de espanto.

—Muy hábil don Cruz para eso de las fachadas.

—Y supongo —dice un zahorí— que estará atendido por personas disfrazadas de monstruo.

—De hecho son monstruos —dice Kustos—. El hombre lobo, el de la laguna, el *serial killer,* el zombi... Están hechos de cartón, de varilla, de madera, de plastilina, pero se mueven y trabajan bastante bien. Y lo mismo: si uno los ve desde *este lado,* son una cosa, pero si se les ve desde *este otro...*

Además de los servicios habituales, el Fear Hotel funciona como una "casa de los sustos" durante todo el día, lo deseen o no los clientes: los gritos no dejan de escucharse a ninguna hora, lo que habla de la tenacidad de sus empleados.

—¿Y para qué? —pregunta el zahorí.

—Se supone que antes el hotel estaba en no recuerdo dónde me dijeron..., antes de que se inventara el cine. Tenía otro aspecto y lo atendían otros empleados. Don Cruz se encargó de rediseñarlo y parece que pronto hará también la nueva versión— dice (ahora) Kustos.

—Es un templo del miedo —dijo (cuando habló con Kustos) el gerente del hotel.

—Siempre existirá una casa para que el terror viva en ella y se nutra de la pavura de las almas dispuestas —dijo (hace miles de años) un ser vestido de ropas negras como la noche, alto como el cielo (pero ni Kustos ni los islandeses saben nada de esto).

5. El Hotel Janusjanus en Szolnok, Hungría, se llama así porque está construido de acuerdo con el principio mágico de la "múltiple repetición". Sólo tiene una habitación, sumamente costosa pues mide cerca de trescientos metros cuadrados, está amueblada con el mismo lujo apabullante de los mejores hoteles de Hong Kong o Dubai y tiene encima una aguja de iridio y molibdeno de medio kilómetro de alto, "para convocar a las Potencias"; pero quien se hospede en ella —sin que haga falta más que una sencilla invocación a los Poderes Tremebundos— será atendido por una tropa, eficiente y obsequiosa, de duplicados de sí mismo.

—Cuando fui, me recibió un botones llamado Horacio, que me ayudó a acomodarme mientras Horacio el camarero me servía una bebida y Horacio el mesero me tomaba la orden para llevarla a Horacio el cocinero…

—Ya entendimos —se queja un taumaturgo—. Cada uno viene de un universo distinto, de otro orden de realidad…

—La recamarera también se llamaba Horacio, aunque era mujer y no de malos bigotes —lo interrumpe Kustos—. Ella venía de un mundo más cercano al promedio, es decir, en el que Horacio es nombre de mujer.

La última noche de su viaje, Kustos pudo bajar al restaurante y ser atendido por una decena de Horacios Kustos ocupados en satisfacer todos sus caprichos, y luego pasar al bar a escuchar al grupo —buenísimo— de Horacio al piano, Horacio en la guitarra y Horacio en el saxofón tenor, todos acompañando a Horacio, una cantante todavía más hermosa que la recamarera.

"Bu-bu, pi-du", cantaba.

—Momento —dice el taumaturgo—. ¿Hace un momento dijo que la chica llamada Horacio, o sea, la otra... era de un mundo "más cercano al promedio"?

—¡Sí! —responde Kustos—. A mí también me sorprendió mucho. Ella me estuvo contando, de hecho... Nuestro mundo usa nombres de manera muy inusual. Por ejemplo, no sé... ¿Cómo se llama usted? —el taumaturgo da su nombre—. Uy... Mejor no le digo. En casi todas partes ese nombre no se usa para...

—¡Para qué!

—Para humanos.

—¡Cómo se atreve!

—¡Yo no fui!

—¡Grosero!

—¡Yo no tengo la culpa! —y así sucesivamente, en la noche iluminada del verano islandés, mientras, en el fondo del salón, el busto de Gunnar Gunnarsson o de Loftur el Hechicero abre su boca de metal sin que nadie se dé cuenta. El día que va a venir será interesante.

La concurrencia

De una de las muchas carpetas de Horacio Kustos:

LAS MÁQUINAS DEL TIEMPO

Las "máquinas del tiempo" no son eso. No exactamente. No se me pida explicación porque no la tengo: las hace la mujer ya citada, y sólo ella puede hacerlas, y las da a quien ella quiere una vez que se han contestado las 17 preguntas. Que, naturalmente, son distintas para cada persona.

Ella, la mujer, me dio la máquina, que en mi caso

[aquí el texto se interrumpe y hay un espacio en blanco]

Cada máquina es distinta. En mi caso, la máquina era (es) un par de tuerquitas, chiquitas, pegadas una a la otra. Y yo la frotaba, como lámpara, y entonces me llevaba a un

[varias palabras tachadas con pluma roja: ilegibles]

SITIO DE ABSOLUTA PAZ

[un espacio en blanco y dos notas a lápiz, en el margen:]

CORREGIR ESTILO
ARREGLAR COMPUTADORA!

El SITIO DE ABSOLUTA PAZ es un momento preciso: un instante en el mundo. El espacio no se puede desligar del tiempo. Dicho de otro modo: la máquina sólo puede llevar a un momento preciso del tiempo y un lugar determinado. De otro modo más: el ir a ese lugar era ipuf!, ir también a esa época. A ese momento. Siempre. ¿Cuál? En mi caso, una porción de desierto relativamente cerca de donde ahora está la ciudad de Lhasa, la capital del Tíbet.

[nota al margen, en plumón azul:]

ANECDOTARIO
F. MOLINAR: ¿LA CAPITAL DE DÓNDE?
YO: ¿QUÉ NO CONOCE EL TÍBET?
MEDIA HORA DISCUTIENDO / LA IMPOR-
TANCIA DE LA GEOGRAFÍA / ÉL: SOY PROCTÓ-
LOGO TRABAJO NO VIAJO

La primera vez que fui, froté la lámpara

[las palabras "la lámpara" están tachadas con lápiz y hay un espacio en blanco]

La primera vez que fui, froté la máquina

[un espacio en blanco]

La primera vez que fui, froté la máquina como quien frota una lámpara y ipuf!, como ya he dicho, exactamente con ese ruido (ipuf!) llegué a relativamente cerca de Lhasa, Tíbet, pero en el año 3 111 094 antes de Cristo. Según mis cálculos el momento debe ser como el 8 o el 9 de junio, a las 7:48 de la mañana. Más o menos.

Y no saben ustedes qué paz. Qué tranquilidad. Qué quietud. Era como algo vivo. La calma. Algo que me tocaba y que estaba en todas partes. Y, claro, no había nada ni nadie. Ni siquiera soplaba el viento. Aquello era la falda de un monte gris, sembrado de rocas enormes, que no se elevaba mucho pero que más allá de su cumbre dejaba ver otras más y más altas, hasta que las verdaderamente altas se perdían entre las nubes. Y era como un cuadro de... no, más que un cuadro. Como si el tiempo se hubiera detenido: como si estuviera viendo todo desde fuera del tiempo. De verdad no tienen idea.

Dicen que a cada persona le toca en la vida un momento de paz o de plenitud, pero que en general no se da cuenta cuando pasa y toda la vida se le va en recordarlo cuando ya pasó. La máquina adquiere sentido cuando se piensa en esto.

[notas a lápiz:]

ANECDOTARIO
GABRIELA: ESO YA LO SABÍA.
YO: PORQUE USTED LO LEYÓ EN UN LIBRO DE AUTOAYUDA.
ELLA: GRRR

PÉREZ Y MÁRQUEZ
LES CUENTO Y LES DA NOSTALGIA DE ESE LUGAR QUE NO CONOCEN Y QUE NO VAN A CONOCER.
YO: NO CREAN ESO DE QUE SON TAN IN-SENSIBLES

Uno debe usar la máquina sólo una vez: así me dijo la mujer. Sólo una vez para llegar al SITIO DE ABSOLUTA PAZ que le corresponde, y estar allí y disfrutarlo. Y luego irse para no volver.

Uno no regresa, me dijo ella, pero cuando llega, llega a sabiendas. Puede relajarse. Puede estar seguro de que ese momento y ese lugar son sólo de uno, y son de paz.

[la palabra "paz" está tachada con pluma negra y siguen varias otras, tachadas e ilegibles]

Y yo estuve allí, y vi todo esto que he dicho, y hacía un frío terrible pero el frío es bueno, porque fuerza a sentir el cuerpo. Así que yo sentía mi cuerpo, sabía que estaba vivo aunque el tiempo diera la impresión de estar detenido...

Y pasaron unos diez segundos, maravilla de segundos, yo como en éxtasis... no saben qué cosa

[un espacio en blanco y anotaciones en pluma roja:]

AIRE TAN PURO
SILBA ENTRE LAS ROCAS QUEDITO, SÓLO ESE SONIDO
IDEA DE EXISTIR EN EL MUNDO
EL TIEMPO FELIZ EN LA DESGRACIA

CARTA PARA L!
CON CUIDADO

SRITA. CARSON NO CAPTA REFERENCIA
ELLA: ¿DE DÓNDE?

Después de esos diez segundos parpadeo. Cierro los ojos, los abro. Sólo eso.

Y cuando los abro otra vez el lugar está lleno

[el resto de la hoja está en blanco y el texto continúa en la hoja siguiente]

Lleno de mí. De un montón, de miles, de miles y miles, de no sé cuántos que eran yo.

[Notas al margen, a lápiz:]

YO CON OTRAS ROPAS
MÁS VIEJO
PELO PINTADO
MÁS GORDO MÁS FLACO
MOCHILA AL HOMBRO
CASCO DE PILOTO

UNO CON HERIDAS HORRIBLES
OTRO CON ALAS DE MURCIÉLAGO

Miles y miles y miles y miles y miles y <u>miles</u> de veces yo, Horacio Kustos hasta donde alcanzaba la vista, y yo rodeado de ellos, de mí, a donde quiera que volteara.

Primero me les quedé viendo, así como con horror, pánico, vértigo. Trepados en rocas más arriba de mí, en hondonadas más abajo, por todas partes de la montaña... Algunos estaban tan alto que empezaban a perderse en las nubes, algunos estaban sentados y otros de pie y otros tendidos (y uno parado de cabeza), algunos hablaban entre sí y otros se ignoraban...

Luego no sé qué me dio y me metí entre ellos, no sé en qué dirección caminé, trepé cuando tenía que trepar, un par de veces estuve a punto de caer también, y algunos me hablaban y otros me evitaban, y uno me quiso golpear y otro sacó una pistola y me tropecé con dos, y a varios casi nos coge una explosión porque otro de ellos o de mí tenía dinamita y quería hacer un hoyo, dijo, en la ladera de la montaña, y uno más se estaba quejando a gritos de que no había un baño en diez mil kilómetros o tres millones de años, y había uno viejo, viejo, viejo que estaba tosiendo horriblemente...

[Nota al margen en plumón naranja:]

EXPANDIR LO QUE SIGUE: SÍ PUEDO

No puedo hacer el recuento largo, doloroso, detallado, de cómo saliendo de allí ipuf! con la máquina del tiempo-espacio fui derecho, ya en el presente, a la casa de la fabricante, quien me acusó de haber hecho trampa y haber querido ir más de una vez, lo que negué con mucha rabia, y cuando la mujer me echó rudamente de su casa yo, oh destino inevitable y todo eso, me pregunto, me pregunto, me respondo, dudo, caigo en la tentación (desde luego) y saco la máquina y la froto y ipuf!, de regreso al Tíbet en el 3 111 094 a.C., y otra vez está en el campo lleno, aunque ahora yo estoy en otro sitio distinto de aquel que ocupé la primera vez, acaso en virtud de la ley de la impenetrabilidad de la materia, y esto explica que todos los Kustos estén uno al lado del otro y no aparezcan exactamente en el mismo punto, pero también quiere decir (para empezar) que el SITIO DE ABSOLUTA PAZ está completamente arruinado, entonces y para siempre.

[Notas al margen, a lápiz:]

HORRIBLE
NO SÓLO EXPANDIR
CORREG

[Al lado de la G, una mancha de mina de carbón sugiere que la punta del lápiz se rompió: las letras de la siguiente nota tienen trazos más finos]

SUBRAYAR: DESDE LA PRIMERA VEZ QUE ES-
TUVE ALLÍ ESTUVIERON TODOS MIS OTROS YO,
NO FUE PORQUE YO FUESE MÁS DE UNA VEZ

Y ME PREOCUPAN LAS SITUACIONES EN
QUE ESTÁN
EL QUE TIENE COLA DE PEZ Y SE AGARRA
DEL BORDE DE UNA ROCA
NO OLVIDAR

Y todas las otras veces que he ido ha sido igual. Siempre está lleno, <u>retacado</u>, ¡de hecho huele mal! Y es un escándalo, gritos, lamentos, golpes... Cuando nos hayamos ido todos, es decir, cuando ya no vaya más y el yo que seré la última vez que vaya frote la máquina y desaparezca... porque supongo que alguna vez dejaré de estar yendo, aunque sea cuando me muera...

Cuando deje de ir va a quedar en el lugar una de basura, de desechos...

Pero la verdad otra cosa me preocupa más, y es precisamente que no sé si ahora <u>tengo</u> que hacer todas las visitas que faltan para que yo mismo sea esa multitud. A lo mejor de veras voy a tener que estar haciéndolo hasta que me muera, cada poco tiempo sin importar qué esté haciendo, para que no

[Un párrafo largo tachado por completo con capas sucesivas de plumón negro muy grueso, plumón negro fino, lápiz y plumón rojo escarlata: ilegible. La siguiente hoja contiene sólo las siguientes notas:]

[A lápiz:]

HACER EXPLICACIÓN DE MODO QUE NO
INCLUYA LAS PALABRAS CIENCIA FICCIÓN!!!!

[En plumón violeta:]

REPETIR LA IMPRESIÓN

[En plumón rojo óxido:]

DE PÉRDIDA

[A lápiz:]

HORROR: CUANDO YO PREGUNTO A AL-
GUIEN TODOS ME EVITAN PERO YO TAMBIÉN
EVITO A TODOS
ME DAN MIEDO SUS CARAS

[Con un lápiz más fino:]

LA RUINA DE LA MONTAÑA DEL TÍBET EN
UNA MAÑANA DEL REMOTO PASADO, LLENO
DE COPIAS DE HORACIO KUSTOS, VUELTA EL
CAOS Y QUE HORACIO KUSTOS VISITA (SE HA
VUELTO ADICTO) VARIAS VECES CADA DÍA,
SIEMPRE PARA ENCONTRARSE IGUAL DE RO-
DEADO POR HORACIO KUSTOS Y HORACIO
KUSTOS Y HORACIO KUSTOS DE AQUÍ HASTA
EL INFINITO, SIEMPRE PARA ESPERAR A QUE
SE VAYAN TODOS LOS DEMÁS Y QUEDARSE SOLO
OTRA VEZ, PERO NADIE SE VA, NADIE SE VA JA-
MÁS, Y PASAN HORAS Y NADIE SE VA, Y KUSTOS
SE TIENE QUE IR PERO ANTES SE PREGUNTA

No sé si he comentado (creo que sí) que de vez en cuando
comento algunos de mis hallazgos con amigos y conocidos.

No está estrictamente prohibido en el contrato, y en cualquier caso no es como publicarlo todo en un periódico. Que no ha sucedido tampoco.

[Un espacio en blanco y, luego, un agujero en el papel como el que podría haber hecho un dedo o la punta de un lápiz o una pluma. Hay algunas huellas de trazos pero ninguna palabra adicional. El texto continúa en la hoja siguiente]

También he platicado esto con algunas personas. Es raro porque en general platico después de haber escrito mis reportes y no antes. Pero lo que me parece apropiado resaltar aquí es que platicar esto me apena. Después de contar lo de la montaña y la máquina siento pena por ocupar el tiempo, el espacio de otro, y también siento algo distinto: últimamente me da la impresión de que yo soy al mismo tiempo <u>todos</u> esos muchos que voy a visitar varias veces al día: como si yo arrastrara a todos esos fantasmas de antes de quien soy ahora, de quien todavía no soy, y entonces no puedo soportarlo. No puedo soportarlo. No puedo soportarlo y saco el par de tuerquitas y (dolor y sufrimiento) lo froto y

[La última nota, centrada al pie de la página, está hecha con un bolígrafo de tinta verde y los expertos concuerdan en que es muy posterior a todo el resto del texto. Es sólo una palabra:

PUF]

Los trabajos y los días   •

—Así que —les dijo el señor Brom— es un sacrificio pequeño. Realmente muy pequeño. Insignificante.

Era un hombre pequeño y enjuto; esto ocasionó que Horacio Kustos se avergonzara de pensar en Dumbo, el simpático elefantito de las películas. Pero Brom, mientras hablaba, ya se estaba desatando el turbante, y en efecto *no estaba hecho de tela,* y si bien las dos orejas eran bellamente rosadas y saludables, ambas daban varias vueltas alrededor de su cabeza. Cuando por fin terminó de desplegarlas, cayeron flojamente al piso y quedaron colgando como dos cortinas de terciopelo rosa. Los pies del hombre acabaron por desaparecer entre los pliegues de carne. Un paso en cualquier dirección habría ocasionado que Brom tropezara y cayera de bruces en el suelo de mármol. Como Dumbo, en aquella secuencia tan triste.

Kustos preguntó si el turbante era la única forma de…

—… de —dijo, y se detuvo, porque no sabía cómo terminar. Estaba realmente sorprendido. De hecho, todos los hombres y mujeres que acompañaban a Kustos estaban realmente sorprendidos, o por lo menos ninguno de ellos hizo los comentarios burlones que tanto habían abundado mientras abordaban la camioneta y durante el viaje en carretera hacia la finca de Brom, en la que éste y los suyos habían pasado los últimos diez o veinte años de su peregrinar, protegidos y en el anonimato.

Antes de llegar a la finca había sido así:

—¿Cuál era el nombre de la ciudad? ¿Cuerno de Chivo?

—Ésa es un arma que usan los nativos.

—Yo quisiera saber cuál es el nombre del *país*…

—Kustos, ¿de verdad vale la pena repetir las hazañas de los conquistadores viniendo hasta aquí?

—¿Hay al menos una mina de oro, unas pirámides?

—De seguro va a ser una de esas mansiones increíblemente vulgares, con paredes doradas y repleta de columnas corintias…

Y ante la cerca que ocultaba la finca, levantada en una loma verde que miraba a la ciudad pero no se dejaba mirar:

—Estilo minimalista, qué aburrido.

—Para esto, Kustos, podría habernos llevado a Nueva York, a Dubai…

—A algún otro pueblucho de los que le gustan.

Kustos *[agrio]:* —Algunos de ustedes vienen de esos…

—Un poco de brillo en las paredes no estaría mal. ¿No se supone que todos los inmortales son millonarios?

—¿Y todos usan turbantes? ¡La gente va a decir que son una secta! —y así sucesivamente, entre risas y frases obscenas en varias lenguas vivas y muertas.

* * *

Ahora, como hemos dicho, todos los visitantes tenían las bocas entreabiertas y las cejas levantadas; si cualquiera de ellos hubiese prestado atención a la cara de cualquiera de los otros, se hubiera burlado muy acremente y con carcajadas bastas y desagradables. Pero nadie tenía ojos sino para Brom, quien —gentilmente— se limitó a explicar que, usando un ingenioso armazón hecho de varillas de plástico y espuma de goma, podía estirar por completo las dos orejas, al modo de un par de alas, y hasta usarlas para planear un poco.

—En todo caso, como ya les decía —concluyó—, lo más importante es que este crecimiento… este que ven… es el único efecto secundario. Notorio, sí, pero el único.

—¿De verdad? —preguntó una de las mujeres.

—En ochenta y un mil quinientos doce años, seis meses y cuatro días, no he registrado ningún otro. Permítanme —Brom se apartó de ellos y cruzó una puerta. Los demás lo oyeron llamar a alguien. Después de un momento volvió a entrar en el salón acompañado por una mujer morena, espigada, vestida con un sarong sobre pantalones de mezclilla—. Ésta es Fadhila y ha sido mi asistenta por un par de siglos. Una bebé —sonrió—: miren cómo las orejas le llegan sólo hasta los hombros…

Fadhila saludó a todos con una inclinación de cabeza tan sutil que sus orejas, de color más bien café con leche, apenas se agitaron.

—Fadhila es la científica de mi equipo: los demás se dedican a otras tareas y yo, se los digo con toda franqueza, encontré la fórmula por accidente en el… el lugar donde crecí, que a estas alturas ya no aparece en ninguna historia… Pero ella puede explicarles claramente las causas y los efectos. Al parecer, el… crecimiento, sigámosle diciendo así, es de hecho *imprescindible* para que las células se estabilicen y no se degraden…

Otro de los acompañantes de Kustos, un hombre de estatura mediana y ojos minúsculos, dijo de pronto:

—Ridículo.

Brom, quien en el fondo *era* de verdad persona gentil —así lo pensó Kustos, siempre—, dijo:

—Fadhila puede ayudarme también a darles pruebas documentales de nuestra edad. De la mía, la de ella y la de cualquiera de nuestros treinta y seis compañeros…

—No, no —respondió el hombre—, creo perfectamente que usted tiene la edad que dice tener. Se le ve. Se le vería sin las orejas. Y a ella también, y seguro a los demás. ¡Pero usted está diciendo también que solamente por medio de su fórmula...!

Fadhila y Brom se envararon.

—Le repito —dijo Brom—: nuestras investigaciones...

—¡Pfah! —dijo el hombre. Kustos reconoció el tono de la sílaba: así se resoplaba en la ajardinada Babilonia. Por lo tanto, previó lo que estaba a punto de ocurrir y quiso calmar a su compañero:

—Excelencia —comenzó, pero el hombre alzó la voz y dijo:

—¡Sus investigaciones están erradas por razones que me parecen obvias! ¡Venir con semejante arrogancia a explicarle la eternidad al conde de Saint-Germain!

—El conde de Saint-Germain está muerto —dijo, de inmediato, Fadhila—. Saint-Germain nunca...

—Espera —dijo Brom, pero ya no sonreía—. Además, si me permite, con toda propiedad, ustedes fueron quienes vinieron hasta aquí.

El resto del grupo de Kustos murmuró y asintió debilísimamente, reconociendo que Brom tenía razón, pero el hombre (de una vez digámoslo: el conde) no se dio cuenta.

—¿Saint-Germain nunca *qué*? —preguntó, agresivo.

—Por favor, conde —pidió Kustos.

—Saint-Germain —dijo Fadhila— era un estafador que murió en 1784.

—No fue así —dijo el conde—. Me retiré de la vida pública, eso es todo. Demasiados charlatanes. ¡Y mire que me hubiera ido mucho mejor explotando mi fama! En comenzando este siglo, por ejemplo, me vi reducido, qué triste es decirlo, tenía poco dinero, a pasar varios años en las labores más oprobiosas: un tiempo fui asaltante... de allí pasé a la política... Pero eso no importa. ¡Lo que importa es que aquí estoy y que ustedes están, están completamente...!

"Están deformes. Y deformes por nada. Pedro —llamó—. William. Todos. Pónganse de pie. Digan quiénes son."

* * *

Uno o dos vacilaron, pero ninguno desobedeció: todos los del grupo de Kustos acabaron por contar sus historias.

—Y todo se fue al diablo —dijo Fadhila a Kustos, diez años después, en una casa diminuta de Praga. Allí vivía: se dedicaba a leer el tarot y vender productos homeopáticos. Estaba borracha; había empezado a beber mucho antes de la llegada de Kustos, quien (para ser gentil) la había llamado previamente.

—¿Qué pasó? —dijo él. Ella estaba sentada en un banco que se balanceaba de un lado a otro.

—Todo ese tiempo —dijo—… todos estos años… Todos hacíamos un voto. Juntos y en secreto. ¿Y para qué?

—Se suponía que ninguno de ellos tenía que decir nada —explicó Kustos. Estaba intentando emborracharse; llevaba diez años sintiéndose culpable—. Yo les dije: no les vayan a decir nada. Los contacto, hago todos los arreglos, los llevo a ustedes precisamente con la condición de que no les digan nada: que no le digan quiénes son ni *nada parecido* al señor Brom, que es muy sensible, que de niño era ya de por sí orejoncito, nada fuera de lo normal pero orejoncito, y sufría, sufría porque le decían "el orejas", es decir, en el idioma de la cultura en la que vivía…

"¡Y todos habían dicho que sí! ¡Caín dijo que sí, Shakespeare dijo que sí, Infante dijo que sí! ¡Ennoia dijo que sí! ¡Marilyn dijo que sí! ¡Ahasvero, que es tan… Ahasvero dijo que sí…! ¡El propio *conde* dijo que sí!"

Fadhila abrió la boca, como para responder, pero luego la cerró.

Luego de un minuto se animó a decir:

—¿Sabes que antes de irse le prendieron fuego a la finca? —Kustos lo sabía pero no pudo responder—. Los demás. Mis compañeros. Mis hermanos. Una semana después de la visita. La de ustedes. Los treinta y seis se fueron contra nosotros. Contra mí y contra Luis. Contra el señor Brom. Todos dijeron lo mismo.

(Aquel día hablaron entre las llamas, mientras guardaban en mochilas y maletas los objetos que deseaban llevarse; todos con rabia, todos salpicando el castellano que se hablaba en el país con palabras de sus lenguas maternas, por igual las vivas y las muertas:

—¡Todos estos años nos estuvo engañando!

FADHILA *[indignada]:* —¿Engañando?

—Sí, engañando. Haciéndonos sufrir. ¡Y para nada!

—Tú no lo ves, Fadhila, porque eres jovencita.

—Más bien si no lo ve es porque no es objetiva.

—¡Más bien si no lo ve es porque es una zorra!

—… ¿Ya oíste, Fadhila, que Margaret te está insultando?

—No seas maliciosa, Margaret.

—No seas perra, Margaret.

—¡No soy perra, idiotas, soy un monstruo!

—Cirugía plástica, querida…

En este momento estallaron los tanques de gas.

FADHILA *[en cuanto pudo volver a levantarse]:* —¡Eso no les importaba antes…!

—Cállate.

—… ¿Cirugía, dices, Guy? —y todos comenzaron a asentir.

—Tiene razón.

—Claro que tiene razón.

—¡Claro que tengo razón! Al diablo con todo, con el secreto, con estas cosas horribles. ¿Quieren que les lleguen hasta el suelo? ¿Quieren ser como Dumbo?

—Yo quiero ser normal.

—Yo quiero dejarme crecer el cabello… ¡Yo tengo muy hermoso cabello!

FADHILA: —¡Antes no se quejaban!

—¿Alguien sabe dónde encontrar al conde ese?

—¡Hay que buscarlo! ¡Podríamos hacernos la cirugía y *luego* ir a ver al conde!

FADHILA: —¿*Qué?*

—¡Sí! ¡Bellos *e* inmortales!)

* * *

—¿Pero qué pasó con Brom? —preguntó Kustos. Ya lo había preguntado varias veces.

—¿Sabes que se puso el nombre de Luis en 1751? En el año en que yo nací…

Fadhila volvió a quedarse en silencio por un rato.

—Eso sí, cuando se fueron todos —continuó— y logramos salir de la finca, lo único que me dijo fue que debía pensar muy seriamente en muchas cosas. Así lo dijo. Pensar. Y entonces se fue. Para mí fueron años y años y años y *años* y para él no había sido nada —y entonces, por fin, cerró los ojos y cayó.

Su turbante, hecho de tela blanca pero cuyo fin era que nadie le viera las orejas (aún demasiado pequeñas para plegarse como era debido), amortiguó el golpe de la cabeza.

Así perdura la Atlántida

—La idea es ésta: toma usted la manguera...

—¿Ésa?

—Ajá.

—Sí.

—Bueno; la toma, baja a la playa y se sienta ahí.

—¿Dónde?

—Ahí... ¿Ve la silla, ahí?

—Voy y me siento.

—Va y se sienta...

—¿Y la manguera?

—A eso voy, a eso voy...

—Pero entonces es necesario que lleve la manguera.

—¿Cómo?

—Es que debe pesar mucho. Está muy larga.

—... Ahí sí tendrá que disculparnos. Es necesario que la lleve.

—¿Indispensable?

—Sí. Pero vea: llega usted a la silla con la manguera... ¿cuánto puede ser, veinte metros, treinta?, y el resto del trabajo es allí. No tiene usted que volver a moverse.

—¿Nunca en la vida?

—Señor, esto es serio. Pero respondiendo a su pregunta: no, nunca... Mire, es más, yo llevo la manguera. Venga.

—No, no, no se moleste.

—No es molestia. Le digo… ya le había dicho que necesitamos… que necesitamos…

—¿Ya vio que sí está pesada?

—Le digo que necesitamos que usted dedique todas sus energías a aspirar.

—¿Aspirar?

—Sí, mire, déjeme terminar de explicarle… Voy a poner la manguera en el piso, cuidado.

—Usted no me quería creer que…

—Le explico, mire. Llega usted allá, se sienta, tira un extremo de la manguera al agua…

—Me acaba de decir que ya no iba a tener que moverme.

—Oh… bueno… Sólo eso.

—Bueno, está bien, pero si usted me dice…

—Por favor, señor Kustos, escuche. ¿Cuánto puede tardar, diez, quince segundos? Eso sería todo. Además, sólo sería un cabo, un extremo de la manguera.

—Eso ya lo había entendido, digo, qué caso tendría cargar una manguera tan pesada nada más para echarla toda al mar, ¿no?

—Pues sí… pero por favor, permítame terminar… Es decir, tiene usted razón: la manguera es precisamente para aspirar…

—¿Para aspirar?

—El agua del mar.

—¿Aspirar?

—Para vaciarlo…

—¿Aspirar?

—… y revelar por fin, luego de siglos…

—¿Aspirar?

—… la… ¿Qué dice?

—¿Aspirar, aspirar agua, dice?

—¿Qué sucede?

—¿Cómo que aspirar?

—…

—…

—Oh, bueno… Sorber. Sorber el agua del mar. ¿Qué le parece?

—Absurdo, qué me va a parecer.

—¿Pero por qué?

—¿Quién le dijo que sorber es lo mismo que aspirar?

—Usted me entendió…

—No, con esa actitud indiferente no vamos a llegar a ningún lado. ¿No tiene idea de los gravísimos problemas educativos que hay en este país?

—…

—…

—Señor Kustos, por favor. ¡Por favor, no se vaya!

—…

—¡Señor Kustos…!

—Oh, está bien. A ver, continúe. Dígame.

—¿Sí le interesa?

—No ha acabado de explicarme. De hecho hay ciertas cuestiones… Mire, por ejemplo: ¿la idea sería sorber sólo el agua de este mar, o la de todos?

—¿Cómo?

—Lo que pasa es que todos los mares están conectados.

—¿Cómo conectados?

—¿No lo sabía?

—Bueno…

—Y está la cuestión… mire, le voy a ser muy sincero… Además del tiempo, la alimentación, los honorarios y un montón de detalles así…

—¿Qué?

—Está la cuestión de la orina.

—¿Cuál orina?

—¿Cómo que cuál orina? Cuando uno toma agua, tarde o temprano dan ganas de orinar. No me diga que tampoco lo sabía.

Y así sucesivamente, mientras las olas vienen y van sobre la arena y sus voces repiten las palabras de la leyenda, pero en una lengua que ya nadie comprende.

—Y además —agrega Kustos, ya entrada la noche—, ahora que lo pienso el agua de mar no se puede beber. Estoy empezando a creer que usted y su gente son unos irresponsables. Hasta en la televisión pasan testimonios de cómo la gente se vuelve loca cuando bebe agua de mar, o bien sufre otros daños muy serios, porque...

Nos

"Francisco Ignacio Ramírez Peña. Sale por las mañanas y regresa por las tardes. No tiene vida social. Nadie lo ha visto comer ni llegar a ningún sitio de trabajo. Siempre lleva la misma ropa: traje gris oscuro, zapatos de charol y sombrero negro." Hasta este punto de sus notas, Horacio Kustos, a quien habíamos elegido como corresponsal, no encontraba demasiado interés en nuestro asunto.

Entonces Ramírez lo citó en su departamento, lo llevó hasta la sala y se disgregó; vale decir, se convirtió en todos nosotros; vale decir, nos separamos, dejamos nuestros puestos, salimos (para ser totalmente claros) del traje gris oscuro. Camilo el conejo dejó de la pierna izquierda; la máquina 43 dejó la derecha; los Cuatro Palos, dos en cada brazo, salieron quitándose los guantes de piel con que imitaban las manos; los gusanos dejaron de fingirse las tripas y el resto del vientre, y así sucesivamente; debo decir que somos un grupo heterogéneo pero bien coordinado y que actuamos con gracia.

La Cabeza, que tanto esfuerzo hace cada día para seguir pareciéndose a una cabeza de las otras, quedó en el suelo y comenzó a caminar, con sus propios pies, hacia Kustos. Éste dio un alarido que todos disfrutamos.

(Una observación: elegimos nuestro nombre por ser el del antiguo inquilino de este departamento. Pero ¿qué se salvaría de *nuestro* misterio si contáramos el resto?)

II. LOS ENEMIGOS

Para perder, para ganar
la Confusión
que es el principio
JOSÉ VICENTE ANAYA

La persecución, la prosecución y el desenlace esperado por todos.   JOSÉ CARLOS BECERRA

ADIÓS

Luego de una noche de pesadillas repetidas o de una sola pesadilla, muy larga, muy difusa, cuyos temas habían sido la fetidez, la inmovilidad, el frío y la dureza, Horacio Kustos abrió los ojos. Entonces descubrió lo siguiente:

Que con el ojo derecho veía sin mayor problema el cuarto en el que había dormido y ahora estaba amaneciendo (la puerta de aglomerado del armario, el borde de la manta cálida y roja y azul, una esquina de la almohada; la luz del sol que entraba apenas por una ventana tras la cabecera, reflejada en la pared verde pistache) pero con el izquierdo veía algo distinto: concretamente, el aeropuerto internacional de la ciudad de Tel Aviv, en el que estaba a punto de tomar un vuelo nocturno hacia Turquía y por cuyas amplias salas lo urgían (amable, firmemente) el señor Lanza, empresario calvo y barbado y durísimo, y su doctor (es decir, el de Kustos), quien lo había atendido por décadas (a Kustos) y lo conocía mejor que una madre.

—¡Vamos! —decían los dos, mientras centenares y centenares de personas cargadas de maletas y apuro corrían alrededor de los tres—. ¡Vamos, vamos, vamos!

—Uf —respondió Kustos, quien arrastraba por el asa telescópica una gran maleta con ruedas, llevaba otra colgando del hombro, tenía un sombrero fedora en la cabeza y comenzaba a entender el problema de mantener ambos ojos abiertos: la confusión del cuarto con el aeropuerto (incluyendo la modestia de un lugar y el relumbrón del otro, la pequeñez de uno y la enormidad del otro, etcétera) sugería a la mente desajustada las visiones más extrañas, desde una almohada que intentaba pasar por la aduana su maleta llena de sábanas hasta el señor Lanza tendido al lado de Kustos en la cama del cuarto, con la calva reflejando el verde pistache de la pared y la barba llena de innumerables y diminutísimos brillos del mismo color. De hecho (y peor aún), la hipótesis que se le presentaba con mejores probabilidades era la de que Kustos no estaba en absoluto en esa cama y ese cuarto *sino* en Tel Aviv, y sólo su ojo derecho se había quedado atrás en el tiempo, por lo que el resto del cuerpo (¡y de la percepción!) lo había abandonado sin ceremonia ni gentileza. A saber si cuando Kustos llegase a Ankara y se internara por las calles tenebrosas del barrio norte, donde alguien lo estaría esperando (¿quién?), su ojo no estaría llegando apenas (¿el barrio norte es realmente el más peligroso de Ankara?), después de un pausado desayuno con jugo de naranja y huevos Benedictine (¿cómo podía estar tan seguro de que iba para Turquía?), al aeropuerto (¿huevos Benedictine?).

(¿Y qué iba a suceder cuando le pidieran pasaporte al ojo?)

(Y peor: ¿el cuarto donde estaba aún el ojo derecho estaría en Tel Aviv? ¿No estaría más lejos aún? Para hacer el experimento, Kustos cerró el ojo izquierdo y vio que en la pared verde pistache del cuarto había colgado un cromo de *La leyenda de los volcanes* enmarcado en madera barata, y junto a él un sol de barro cocido al que faltaba un par de rayos en la corona…

—¡Vamos, vamos, vamos! —seguían gritando el doctor y el señor Lanza, y Kustos podía escucharlos aunque no los viera, y también sentía sus piernas en movimiento, el peso en los hombros y en el brazo que tiraba de la maleta, y todo esto [descubrió] le estaba impidiendo concentrarse lo bastante para situar aquel sol y aquel cuadro… ¿Realmente serían arte del Medio Oriente? ¿Dónde más los había visto?)

—Dónde los estoy viendo —se corrigió Kustos.

—¡No desperdicie el aire! —gritó el doctor, quien trotaba a su lado.

—Dónde los está viendo mi ojo... —dijo aún Kustos, necio.

—¡Siga avanzando! —gritó el señor Lanza, quien trotaba un poco más lejos—. ¡Ya vamos retrasados!

—... derecho —insistió Kustos, quien de pronto se sentía enojado. ¿*Adónde* estaban yendo? ¿A una sala de abordaje?

Inmediatamente llegaron a una sala de abordaje: hileras de asientos, un mostrador con tablero electrónico, la puerta que daba al exterior. Realmente era *muy* de noche y el vuelo estaba *muy* retrasado: Kustos, quien se había detenido y jadeaba, no podía ver nada por los ventanales salvo un negro mate, insondable, y todos los pasajeros que ya estaban allí tenían ojeras negrísimas, como si no hubieran dormido en semanas. Algunos leían revistas que se veían antiquísimas, con celebridades del siglo XX en sus portadas y páginas cuyas esquinas crujían y se convertían en polvo. Otros oían música en reproductores de disco compacto, o hasta de cassette, conectados a audífonos enormes. Otros más hacían tronar sus dedos y cada pequeño ruido que producían se volvía un retumbar en ese espacio enorme...

—Qué ridículo sombrero, parece Indiana Jones —comentó un miliciano kuwaití al ver a Kustos, y éste notó, con un escalofrío, la siguiente serie de hechos: *a)* no había manera de saberla pero Kustos sabía la nacionalidad del miliciano, *b)* por no hablar de su ocupación; *c)* el miliciano era kuwaití pero hablaba noruego, *d)* Kustos *no* hablaba noruego, *e)* el noruego del miliciano era en realidad urdu macarrónico, *f)* Kustos *tampoco* hablaba urdu, *g)* su fedora no era sólo bastante ridículo, dada su profesión de explorador, sino que de pronto Kustos ya no estaba cargando maletas sino un látigo y una libreta Moleskine, *h)* una manada de búfalos se acercaba mansamente al mostrador de la sala de espera, pero uno de los cuadrúpedos, *i)* llamado Pico della Mirandola *j)* en honor y no por burlarse del célebre italiano, *k)* expulsó los restos de su última comida sobre el piso recién trapeado e hizo ulular de rabia a diecisiete empleados de limpieza (que de pronto estaban allí, todos con overoles anaranjados y caras agrias) mientras *l)* la sensación que Kustos experimentaba con más fuerza era la de presión *sobre un solo costado del cuerpo,* como si estuviera *tendido de lado,* y además *m)* algo en el cuerpo hasta le dolía como por estar tendido no del todo cómodamente, y *n)* si bien *ñ)* las figuras imponentes y sólidas del doctor y de Lanza, tan juntos como siempre, tan urgiéndolo como siempre, debían parecerle un aseguramiento suficiente de la realidad de lo que pasaba a su alrededor, al girar un poco la cabeza y mirar hacia ellos Kustos notó que *o)* el señor Lanza se *continuaba* en el doctor.

La impresión inicial no era incorrecta: la curva del cráneo pelado de Lanza comenzaba su descenso hacia la oreja, como sería lo habitual, pero no llegaba nunca, porque tras cierto punto volvía a subir y, alejándose del volumen convexo y humano que el cráneo de Lanza parecía ocupar, resultaba estar delimitando también un segundo volumen, es decir, un segundo cráneo, con más pelo, unido al anterior. Dos cráneos en uno, pues, con vaga y desagradable apariencia de senos o glúteos disparejos (y uno con pelo) en persona corriente.

Y de modo parecido, vio Kustos, ocurría también con un pedazo del muslo derecho de Lanza, que en realidad era el antebrazo y parte de la mano del doctor; con las puntas de los dedos de una mano de éste, que se afinaban y se alargaban y resultaban ser pestañas en un ojo del otro; con el torso que los dos igualmente compartían y que estaba envuelto por un lío de telas de dos colores (blanco de la bata del doctor, negro del traje de Lanza) que no se sabía si estaban cosidas entre sí o eran una sola tela artísticamente teñida, para sugerir con gradaciones suaves y bruscas transiciones lo que pasaba en la carne bajo ellas: lo que también se fundía allí, arterias que se volvían venas o nervios, músculos que se endurecían hasta ser huesos, tendones que se enrollaban para formar segmentos de intestino…

—¿Qué nos ve? —preguntó Lanza, es decir, la boca en la cabeza que Kustos había considerado de un individuo apellidado así.

Y Kustos, de pronto, cayó en la cuenta de que, por encima de todo, *p)* él conocía el aeropuerto de Tel Aviv y no era *en absoluto* como éste.

—Apúrese porque debemos irnos. No se puede quedar. Debe irse con nosotros. Ya viene —dijo el doctor—. No va a haber otra oportunidad —y tiró de Kustos con sus dos manos, o cuatro, o tres (ya no estaba claro, se entiende) mientras la puerta de la sala de abordar se abría y dejaba ver…

Pero Kustos no quiso verlo. En cambio quiso cerrar los ojos y de pronto dudó: ¿no tenía ya uno cerrado? ¿O los dos? ¿Cuál era el ojo que había visto el cuarto humilde al amanecer? ¿No era el mismo con el que veía el falso aeropuerto de Tel Aviv, al doctor y el señor Lanza que seguía(n) tirando de él, la boca negra por la que los otros pasajeros entraban ya, amontonándose, desapareciendo uno por uno en cuanto cruzaban el umbral?

—No —dijo Kustos. Lo dijo varias veces, y quiso retorcerse, y notó que el cuerpo no le respondía, que cada movimiento era en realidad el deseo de un movimiento, que de hecho no hablaba sino deseaba hablar, mover una boca que tampoco quería obedecerle, y entonces oyó gritos, cada vez más fuertes, de los dos o el uno que no lo soltaba(n), y ya no los veía más, y ya no veía nada más, y con un esfuerzo violento, terrible, consiguió *de verdad* abrir los ojos.

Estaba en la cama y dentro del cuarto color pistache, que era muy modesto y uno de tres de un hotelito con temazcal en las afueras de Chignahuapan, ante la sierra de Puebla. Kustos seguía tendido de lado. Tenía una mano doblada, tiesa, bajo el pecho.

Se incorporó ligeramente (traía puesta una pijama de franela, pero sintió el frío en cuanto apartó las cobijas) y miró por la ventana.

Turísticamente, a aquellas horas las cimas de los montes empezaban a revelarse bajo las nubes, que eran como suaves manos que jugaban a ocultarlas. La niebla caía durante la noche y a veces llegaba hasta el fondo de la hondonada en cuyo borde estaba el hotel. Allá abajo había un balneario con aguas termales. Aquí, una vereda partía del hotel y se unía a un camino de terracería, a cuya vera había fondas y tiendas de artesanías y artículos de baño. Pero apenas eran las seis y media, las siete de la mañana, y en todo caso muchas de las tiendas habían estado cerradas por semanas, debido a la crisis económica por la que el país estaba pasando…

—Sí —nos diría Kustos ahora—. Sí. Detalles concretos, tangibles. ¿Datos duros, los llaman? ¿Fácticos? Porque yo ya estaba bien despierto y ya entendía… Pensaba: "claro, todo fue una pesadilla", y también "yo nunca he conocido a nadie llamado Lanza, ni he tenido doctor", y también "eso, de todas formas, no era un aeropuerto"… Y, desde luego, "después de todo yo nunca he tenido un fedora".

"Y cuando miré, claro, en la mesa junto a la cama estaba el fedora.

"¡Y yo, repito, *jamás en toda mi vida* he tenido un fedora!"

Eso nos diría ahora. Pero entonces: allí: sentado entre cobijas revueltas, despierto en la Puebla bella y visitable, agitando la mano para disminuir su agarrotamiento, con la vista en el sombrero que estaba allí en el buró (era buró y no mesa), Kustos no consiguió formular una sola frase.

Porque, justo cuando iba a hacerlo, se dio cuenta de que (además del fedora) había alguien más en el cuarto: era una muchachita, casi una niña, pálida y de ojos grandes, a la que Kustos no había visto nunca antes y que le dijo:

—Estaban desesperados. ¿Vio? No sólo volvieron a intentarlo ellos mismos sino que querían usar el Vacío. Con lo fácil que es que alguien como ellos se caiga y no vuelva a salir... ¿Vio qué fácil los empujé?

Kustos se quedó inmóvil, con la vista fija en ella y la boca abierta.

—¿No?

Kustos cerró la boca pero no atinó a responder.

—Eso sí, me costó muchísimo encontrarlo, porque usted, claro, no estaba en ninguna parte sino allá, con ellos. Y ahora ya se acabó el tiempo. ¡Tiene que cuidarse más! ¡Por favor! No puede ser que se deje atrapar así de fácil. ¿Entiende que es verdad? ¿Que no nos vamos a volver a ver?

Kustos no pudo sino seguir callado, mirarla y encontrar muchos detalles precisos, fácticos, duros. Ella estaba sentada en una silla a un lado de la cama. Llevaba suéter blanco y chamarra azul oscuro, pantalones de mezclilla, zapatos tenis de suela gruesa y más bien maltratados. Tenía un lunar cerca de la ventana derecha de la nariz; una nariz pequeña pero ancha; ojos pardos y cabello rojizo con un rayo azul eléctrico...

Y ella, en vez de cualquier otra cosa (saludar, presentarse, confirmar la realidad de algo), agregó:

—Ya me tengo que ir. Se siente. ¿Me lo regala? ¿De recuerdo? —y tomó el sombrero, y se lo puso, y empezó a llorar, largos sollozos y gemidos y lágrimas. Kustos siguió inmóvil, mirándola. La muchacha se puso de pie y, sin dejar de llorar, salió del cuarto. Se oyeron tres de sus pasos, levísimos, y luego nada.

Kustos se levantó. De pronto, se daba cuenta de que también el llanto había cesado. Salió al corredor que unía los tres cuartos y, desde luego, no había nadie allí ni en el resto del hotel.

EL ASOMBRO

—Y la volví a ver como tres meses más tarde —nos diría Kustos ahora—, en la planta de la Wang Electronics de Jiangxi para la que tanto me había costado obtener invitación. Di todo ese dinero, viajé en ese autobús infecto, esperé todo lo que esperé para que el prefecto de zona mirara para otro lado y la funcionaria estuviera de humor, y cuando al fin llegué, y estuve en la sala de recepción, ella estaba allí también.

Lo saludó con una sonrisa. Kustos se alegró. Ambas cosas lo sorprendieron, pero se dijo que las circunstancias eran otras: no había nada mejor —para atenuar los miedos y las incertidumbres: para disipar cualquier impresión de irrealidad o de amenaza— que la claridad con la que veía todo en aquel momento, de día y en un lugar que saldría en las revistas de negocios de no haber tanta incredulidad y tantos beneficios en la empresa secreta y más bien ilegal. No había nada mejor que la certidumbre y la solidez de los movimientos, los objetos, los cuerpos, la tierra fértil y pródiga.

Los dos tuvieron un poco de tiempo para conversar en el extremo sur de los plantíos, en una plataforma elevada sobre la más grande de las naves de procesamiento. Desde allí podían ver prácticamente el valle entero —hectáreas y hectáreas de computeras verdes y lozanas, con sus vainas enormes y sus tallos blancos y negros— y muy de cerca a las tropas de campesinos y operarios, a pie y en máquinas de formas y tamaños diversos, que se encargaban de la cosecha.

—Por esos días —dijo Horacio Kustos— yo andaba pasando por una crisis: depresión...

—¿Muy mal?

—Sentía que estaba atorado. Que lo que estaba haciendo no tenía futuro. A veces me da, pero ahora no cedía con nada. Algunos amigos me decían que era normal sentirse así llegada cierta edad, y otras cosas por el estilo, pero me daba la impresión de que me lo decían pensando que yo estaba mal de la cabeza…

—Pero no era nada más eso, ¿o sí?

—En cuanto me encontré *contigo* —dijo Kustos— cambió todo. Recordé la razón por la que hago esto. Y como en libro de autoayuda: lo que estaba atorado no lo estuvo más, todo se alineó, como quieras decirlo. Me había pasado meses en el mismo sitio, sin que llegara nada, y de pronto, como siempre pasa, empezaron a llegar noticias nuevas de todas partes, avisos de nuevos sitios que visitar…

—Pero alguien le había hecho algo —dijo la muchacha.

—¿Cómo? ¿A mí?

—Sí, cuando yo lo encontré…

—No, un momento, mira, espera, espera. Antes de que continuemos te tengo que hacer unas preguntas. Muchas, la verdad. La primera: ¿quién eres?

—¿Cómo que quién soy?

Su cara era de tanta indignación que Kustos no supo qué decir. Ella no se veía mayor que aquella primera vez. Incluso llevaba la misma ropa y los mismos colores en el cabello. Desde luego, no era ni de lejos la primera ocasión en que Kustos encontraba a personas extrañas en sus viajes por lugares extraños…

Entonces se le ocurrió preguntar:

—¿Tú estás bien?

Ahora ella lo miró con extrañeza; Kustos lamentó enseguida haber hecho también esa pregunta, pero siguió:

—Cuando nos conocimos te fuiste llorando.

Y cuando la muchacha dijo: "¿Llorando?" Kustos, encima, agregó:

—Y ¿dónde dejaste el sombrero?

—¿Cuál sombrero?

En ese momento llegó el ingeniero Wang, más administrador que guía de turistas pero menos que hombre realmente importante de la empresa: sólo era sobrino biznieto del viejo señor Wang, de Hong Kong y Shanghai, iniciador del negocio y creador de todas las variedades originales de la computera, a su vez sobrina tataranieta (capaz de asimilar metales ferrosos y semiconductores y de crear quién sabe cómo las más curiosas estructuras cristalinas) de la orquídea o de la papa común. En esto último no había acuerdo y quienes sabían los secretos no hablaban.

El ingeniero vio las caras serias de los dos pero las interpretó de manera incorrecta:

—No se preocupen —dijo—. Cuesta algo de trabajo acostumbrarse a este lugar. Es normal. El hecho es que casi ninguna persona puede aceptar siquiera la *posibilidad* de que algunas computadoras no sean fabricadas en líneas de montaje por grandes empresas. Se debe a lo que llamamos cierta inercia que constriñe el pensamiento, y también, claro, a lo refinado de las técnicas de la Wang Electronics Agriculture, que nos permiten reconocer y eliminar los ejemplares "defectuosos", es decir, alejados de la norma, antes de que se empaqueten y se vendan.

—¿Qué? —preguntó la muchacha, pero el ingeniero, todo eficiencia, ya los conducía al interior de la planta.

Mientras avanzaban por una pasarela elevada, a varios metros por encima de una larga serie de bandas transportadoras, en las que obreros y obreras limpiaban la cosecha y separaban lo que estuviera en mal estado, Wang volvió a hablar:

—Un problema común es el de las teclas. Hemos logrado que nuestras variedades de la computera den los alfabetos orientales y occidentales más comunes, pero siempre encontramos una buena proporción de teclas raras. Algunas, por ejemplo, no han sido teclas alfabéticas ni numéricas…

—¿Cómo? —preguntó Kustos—. ¿Se refiere a teclas como ALT y otras por estilo?

—No. Son teclas que no forman parte de ningún estándar. De las más frecuentes son las que tienen maldiciones. Salen impresas en varios idiomas, así, pequeñitiiiitas (y más cuando vienen en idiomas occidentales), para caber cada una en una sola tecla… Y son cosas bastante horribles. Las maldiciones. Nadie las ha podido explicar porque aparecen, por así decir, de manera espontánea. Varias personas han llegado a proponer la teoría de que las computeras son plantas inteligentes justamente a partir de esto. Una o dos veces han salido equipos —que no hemos distribuido jamás, por supuesto— sin nada salvo maldiciones y groserías en sus teclas. De hecho también se llegan a ver de vez en cuando en los costados de los monitores, o hasta cuando las pantallas se encienden, antes de que se les haya instalado un sistema operativo…

—Eso lo dicen todo el tiempo —reviró Kustos, escéptico—. Lo de que las máquinas se pueden rebelar y tal.

Entonces se oyó un estruendo, remoto, apagado. Se oyó también una sirena, se encendieron torretas rojas por todas partes y muchas personas empezaron a correr entre las bandas transportadoras. Kustos tardó en darse cuenta de lo que sucedía:

—¿Qué pasa? —preguntó.

Ni Wang ni la muchacha le hicieron caso. Después de un momento, Kustos se volvió hacia ellos y notó que los dos miraban muy atentos hacia el lado opuesto de la pasarela, a la multitud que huía de una cosa enorme y llena de dientes que corría entre los hombres y las mujeres, daba grandes saltos, a veces caía sobre la espalda de alguien y lo hacía caer y a veces mordía brazos, piernas, cabezas. La cosa se acercaba a la pasarela.

—¿Qué es eso? —preguntó Kustos, y en el tiempo que tardó en decir esas palabras la cosa trepó hasta donde ellos estaban. Era una computadora bastante crecida (monitor de 30 pulgadas, teclado ergonómico ampliado, una carcasa grande y ostentosa, plateada y negra, en vez de la discreción de moda:

un modelo para diseñadores, tal vez, o para edición de video) que corría sobre dos patas ágiles pero que no parecían parte de ningún equipo estándar y de hecho se veían más bien como de guepardo o de cebra: Kustos no alcanzó a decidirse porque, primero, la computadora levantó el monitor hacia el cielo (hacia el techo de la nave, se entiende) y la pantalla se partió en dos y se reveló como una boca (¡allí estaban los dientes!). El rugido que dejó escapar era de los de helar la sangre, como se dice.

Wang saltó de la pasarela, la muchacha se quedó en donde estaba, paralizada (como también se dice y llega a ser cierto), Kustos vio cómo la cosa se acercaba a él moviendo vigorosamente sus patas y también (detalle que a Kustos le pareció, al igual que varios otros de estos momentos, como venido de una conciencia junto a la suya, más atenta y despaciosa: como una observación entre paréntesis) que la pantalla, la CPU y el teclado estaban unidos entre sí, y a otros accesorios (un ratón que hacía de cola movediza y silbante, un lector independiente de DVD, dos webcams como ojos malévolos), por tallos o segmentos de músculo.

(Eso, sin duda, *no* parecía propio de una planta, incluso teniendo en cuenta las peculiaridades de las computeras...)

Entonces la bestia abrió las fauces todavía más, y saltó hacia Kustos, y en el último instante antes de que le arrancara la cabeza de un mordisco varios guardias armados aparecieron tras la computadora y la hicieron pedazos con numerosos disparos de escopeta.

Más tarde, mientras el resto del personal recibía un permiso extraordinario y la orden de descansar hasta el día siguiente en sus lugares asignados (la planta tenía un complejo habitacional adosado, como era la tendencia para incrementar la puntualidad y la eficacia en muchas empresas de China y el mundo), el ingeniero Wang volvió a subir a la pasarela. Estaba ileso: había tenido la suerte de caer sobre seis o siete trabajadores, que habían absorbido el impacto (y ellos, desde luego, estaban en la enfermería de la planta, junto con el resto de los heridos).

De inmediato, Wang empezó a disculparse:

—Esto que vimos no había sucedido nunca.

Kustos lo escuchaba a medias porque la muchacha ya no estaba allí.

—Es totalmente seguro usar —dijo Wang— una computadora nuestra que ha pasado por todos los controles de calidad… Es exactamente como usar una hecha en fábrica.

Más tarde Kustos se enteró de que nadie sabía exactamente cómo había llegado la muchacha hasta la planta.

—Eso no era una computadora nuestra.

Para el caso, tampoco se sabía cómo había llegado hasta la provincia de Jiangxi. No había registros.

—Debe haber sido —insistió Wang— un hombre en una botarga… O tal vez un animal, algo criado por nuestra competencia… o por un terrorista…

Una búsqueda por toda la planta y sus alrededores resultó inútil, además: la muchacha había desaparecido del todo, como si nunca hubiera estado allí.

Por último, Wang llegó hasta la indignidad de pedir:

—No hay necesidad de reportar a su revista nada de este incidente tan penoso, ¿verdad?

—Para consolarlo, podría haberle dicho que esa parte de mi excusa no era verdad —nos diría Kustos ahora—, es decir que no había revista, pero además de que no hubiera sido buena idea yo estaba pensando en otra cosa. No es que uno no se asombre o hasta se espante…, pero cuando por fin llegué a mi hotel y me pude poner a escribir, estaba feliz: ¡de ese viaje salía con dos casos en vez de uno!

EL SEGUNDO INTENTO

Antes de partir hacia el "Misterio de la Mosca de Oro", Kustos (quien en efecto ponía títulos así) metió las hojas en que había redactado "El caso del Enano Enajenado, la Tortuga Torturada y las Palabras Secas" y el disco compacto con la "Relación de la Península Inaccesible" en un sobre bolsa usado con el logotipo de una oficina gubernamental de Costa Rica. Luego cerró el sobre y lo echó en el espacio comprendido entre dos edificios más o menos altos afuera de la estación del tren subterráneo:

—Le dicen metro —explicó Kustos.

Del hueco estrecho y negro asomó una cucaracha, asustada por la intrusión del sobre. La cucaracha se marchó corriendo por la acera quebrada.

—¿Esto es su buzón? —preguntó la muchacha.

—Hay muchísimos ejemplos de cómo son más seguros que los otros. Para este tipo de cosas, claro —respondió Kustos—. Y además, claro, se ve más interesante…

Y se fueron.

La Mosca de Oro se guarda en un puesto de zapatos del barrio de Tepito, en la ciudad de México, no precisamente en una de las zonas más peligrosas pero sí rodeado, siempre, del abundante color local. En cuanto llegaron al mercado, y sin que su vigor se redujera por el calor horrible del mediodía, Horacio Kustos avanzó con la muchacha —quien seguía viéndose casi como una niña— por entre los tenderetes incontables, abriéndose paso a empujones cuando era necesario y sin dejar de señalarle cuándo avanzaban por una calle verdadera, que los coches ya no podían utilizar sino con grandes trabajos y muy despacio, y cuándo iban sobre banquetas o en el interior de edificios, cuyos límites se volvían inciertos entre las construcciones de plástico, lona y madera vieja que los rodeaban…

Estaba pensando en cómo pedir a la muchacha que le contara su historia completa, y para que no se notara hablaba sobre las diferentes variedades de películas a la venta en cierta área. Estaba llegando a por qué algunas versiones piráticas, en especial de cine de arte y de pornografía, eran mejores que las originales, cuando le pareció que la muchacha se aburría.

—No se lo tome a mal, papá… —dijo ella.

Kustos, como dicen, se quedó helado.

Y eso que (como dicen también) hacía (como se ha dicho) un calor sofocante.

—¿"Papá"?

—Creo que ya se dio cuenta de que no soy de por acá, pero conozco lugares como éste.

—¿"Papá"?

—Y además tenemos el problema de que sigo sin poder hacer nada para ayudarlo. Ni siquiera le he podido *decir*. Se lo digo ahora, mire, escuche: todas las veces que lo encuentro acaba llegando alguien a tratar de hacerle algo, y creo que no es casualidad…

—¿"Papá"? —dijo Kustos. Se había detenido entre dos puestos de juguetes repletos de robots transformables muy parecidos a los de las películas. Y no había escuchado claramente las últimas palabras de ella.

—Y usted no me oye —dijo ella. Suspiró—. *Ahora* es cuando le digo y usted ni siquiera me oye.

Y además no sabían que alguien los vigilaba: el asesino, quien no estaba nunca a más de veinte o treinta metros de ellos, era tan devoto del secreto que, pese al supradicho calor molesto y seco, vestía una gabardina, sombrero de ala ancha y lentes negros: el atuendo menos verosímil para alguien de su oficio y (por tanto) el más apropiado para hacer creer a todos que su labor era otra, o bien que era un loco o un imbécil. Como última precaución, el asesino procuraba siempre ocultarse en los puestos de porno más especializado, donde su aspecto no era menos extraño pero producía el siguiente efecto curioso:

—¿Qué se le ofrece? —le preguntaban los vendedores, quienes rara vez se sienten obligados a recomendar su mercancía pero veían en él a un pervertido tremebundo, de los que se gastan cantidades enormes en un solo día de compras y siempre, haya lo que haya en venta, preguntan por lo "más grueso": lo que sin duda está guardado en una caja secreta y es *todavía peor*.

En cualquier caso, Kustos seguía diciendo:

—¿"Papá"? —pero ya estaban ante el puesto de zapatos, en el que se vendían imitaciones de marcas europeas y estadunidenses. Kustos supo que habían llegado porque ningún otro puesto mostraba su mercancía en cajas (una rareza nimia), y también porque (menos nimio) si bien la Mosca de Oro no emite reclamos, aun los clientes más obtusos reaccionaban a su presencia: tendían a avanzar hacia el fondo del puesto, donde muchas cajas apiladas hacían de bodega a plena vista, pero a un metro de distancia de las cajas la atracción se convertía en repulsión y todos se detenían bruscamente, se miraban unos a otros y se alejaban hacia la entrada; allí se quedaban por unos segundos entre los zapatos en exhibición y luego volvían a desplazarse hacia las cajas. Su ir y venir sugería el movimiento de las olas, y así se lo pareció también al asesino, que ahora los observaba desde atrás de un altísimo montón de ropa de todos colores y tamaños, apilada de cualquier manera.

—Si no compra no se recargue —le pidió un vendedor, de mal modo.

—¿Cómo que "papá"? —preguntó Kustos.

Pero la muchacha ya hablaba con la vendedora de zapatos: una mujer robusta y morena que vestía pantalones cortos, camiseta del Boca Juniors y varias cadenas de plástico dorado en las muñecas. También tenía la mitad del cabello pintada de rojo y alrededor de un tercio pintado de verde. La muchacha dijo la palabra clave que Kustos hubiera tenido que decir. La vendedora caminó hacia las cajas del fondo, se detuvo donde todos los demás se detenían, hizo una mueca de dolor al dar unos pasos más y tomó la última caja de la pila más alta.

—Oye, te preguntaba…

—Papá, se lo dije desde aquella otra vez. Ahora espérese. Mientras más rápido acabemos esto, mejor. ¿No me decía hace rato que era importante que usted viniera a esto?

—Y sí, se lo había dicho —nos diría Kustos ahora—, pero desde luego algo no andaba bien, había algo que no estaba entendiendo. Ya entonces me daba cuenta. Yo estaba a punto de llegar a mi "buzón" cuando ella se me puso enfrente, me saludó y me abrazó y me dio un beso, como si fuera una amiga de toda la vida… Hasta me dijo:

"—Se ve usted más joven.

"¡Y yo que venía por seis o siete meses bastante rudos, luego de lo de la planta…! Ahí lo pensé, de verdad: para ella el tiempo pasaba distinto. Y claro, ahora resultaba que no nos encontramos por casualidad, sino que ella quiere ir conmigo y me anda buscando. Así me dijo:

"—No sabe qué trabajo para encontrarlo —me dijo.

"Por otro lado, debo admitir que yo pensaba, sobre todo, en qué gran caso era éste: ¿se desplazaba en el tiempo, sólo existía a ratos? Iba a salir un relato hermoso, pensaba, y que iba a gustar mucho. Y entonces me dijo papá —concluiría Kustos."

Pero ahora, en el mercado, cuando la vendedora abrió la caja, todos los clientes salieron corriendo del puesto. No gritaban: resoplaban y gruñían, y todos corrieron hasta perderse de vista entre la multitud de compradores y vendedores y mercancías. Sólo unas pocas personas aquí y allá volteaban a mirarlos, sobresaltadas, pero dejaban de hacerles caso y regresaban a lo que estuvieran haciendo al darse cuenta de que el ruido y la agitación no se debían a ninguna violencia inminente.

Kustos sentía, también, un enorme deseo de gruñir y resoplar y salir huyendo (éste era un detalle del que sus informantes no le habían informado), pero la muchacha lo tomó de la mano. De inmediato lo dejó esa locura ciega y precisa.

El asesino, quien como tantos otros miraba huir a los que huían, reconoció los gruñidos y los resoplidos como un signo inequívoco.

La vendedora, quien al parecer resistía sus propias ganas de huir y gruñir y resoplar con la ayuda de *una mueca que Kustos nunca había visto en ninguna otra cara, y tampoco volvería a ver,* sacó del interior de la caja otra caja más pequeña; ésta contenía, según la imagen impresa en un costado, un par de tenis marca IVIKE (la primera I del logotipo casi tocaba a la V y ambas letras daban, si se les veía desde lejos, la impresión de ser una sola letra).

La vendedora caminó hacia ellos. Todo su cuerpo temblaba; daba cada paso levantando muy alto los pies y dejándolos caer con fuerza.

La muchacha le dio las gracias. El asesino, de pronto, decidió que debía ponerse en movimiento pero ya no había muchos lugares donde cubrirse, y por lo tanto se tiró al suelo y empezó a avanzar a cuatro patas mientras hacía *su propia mueca que nadie, de hecho (no sólo Kustos), había visto en ninguna otra cara, y tampoco volvería a ver.* La vendedora consiguió llevar la caja hasta una silla en un rincón despejado y la dejó sobre la silla. Su frente estaba húmeda de sudor. Kustos, por su parte, logró dominarse lo suficiente para decir:

—¿Yo soy tu papá? Yo no tengo... Yo no sabía que tenía... No me habías dicho.

—Sí y no —respondió la muchacha—. Ya ve que es complicado —hizo una mueca—... No, todavía no lo ve. Pero mire, no se lo tomo a mal. Yo lo entiendo. Usted también lo va a entender. Y vea, de momento parece que todo está bien así que podemos estar aquí y usted se puede ocupar de su asunto…

—Acuérdense —intervino la vendedora; Kustos vio que tenía dos aros plateados sobre cada ceja y no dejaba de hacer *su mueca inefable*— de que esto nomás se enseña en casos especiales. ¿Eh? Muy especiales. Cuidado —y mientras tanto el asesino empezó a arrastrarse como culebra, o sea, a ir todavía con más sigilo que antes, y aunque era serpiente de gabardina y sombrero de ala ancha (es decir, muy poco serpentino) lo resbaloso y sibilino de su actitud era tan convincente y sentido que pesaba más que toda otra consideración, y por lo tanto *realmente* pasaba sin ser visto entre grandes grupos familiares cargados de juguetes y bolsas de papas fritas y refresco; al lado de cargadores con media cabeza rapada y clientes con el mismo peinado y los mismos lentes del presidente de la República; delante de mayoristas que atendían grandes pedidos de siempre, las mismas tres o cuatro discografías en MP3…

—¿Sí me está oyendo? —preguntó la vendedora.

—¿Sí ve que todo esto es —prosiguió la muchacha— porque lo quiero mucho a usted?

—Sí —dijo Kustos, sin pensar que su respuesta era doble y no del todo exacta, y entretanto el asesino se aproximaba, sinuoso, de un puesto de rock a uno de reggae, de allí a uno de "clásicos" del cine mexicano, de allí a uno de novedades de Hollywood tan eficiente que casi siempre vendía los éxitos de la temporada antes de que empezara la temporada.

Kustos, de pronto, pensaba en mujeres. Descubría (no sin sorpresa) que conocía a muchas. No es que las hubiera buscado. En general, él se concentraba en su trabajo, y entre viajes —en esos días de calma que se dejaban ir todos a un mismo sitio— prefería estar solo: le gustaban los cuartos a oscuras, los patios viejos, los malecones bajo el sol o la lluvia, los campos de labranza justo antes de la llegada de la primavera, las primeras estribaciones de las cordilleras; los barrios con calles estrechas y que no se cruzan en ángulos rectos. Kustos llegaba a estos sitios, se quedaba en ellos y unas veces se aislaba: se encerraba si podía y se dedicaba a pensar sola y largamente; otras veces empezaba a redactar sus informes o incluso a hacer sus propias copias de los mismos.

(—Un pecadillo —diría Kustos ahora—, sólo para mí y algunos amigos… No es exactamente lo que estipula el contrato pero, bueno, tampoco es que lo publique ni nada así…)

Otras más se distraía tanto de su interior como del pasado mediante la contemplación: miraba el tamaño y el color de las piedras, oía de lejos los pasos de la gente en las grandes avenidas, abrazaba los árboles más viejos de un bosque o pegaba manos, pecho y mejillas a paredes llenas de grietas y moho; lamía páginas de un libro para ver si se parecía a otro ejemplar del mismo libro, pero hallado años antes y a medio mundo de distancia; se quedaba de pie ante un gran contenedor de basura para ver si identificaba, con los ojos cerrados, alguna materia extraña, o bien tan podrida que oliera a "más que viva"…

(Así lo decía él. —Más que viva —nos diría ahora—, porque aunque ya sea materia muerta, aunque sea una cáscara de plátano, un pedazo de queso echado a perder, un montón de caca… etcétera… aunque sea alguna cosa así de todas formas tiene encima a todas estas… cosas… criaturas, pues, que todavía están vivas… que se la están comiendo, de hecho, porque la putrefacción… Quiero decir que cuando se acaba una vida siempre empiezan otras, un montón de otras. ¿Me entienden? De hecho se podría decir que la vida no se acaba jamás…)

Y pensándolo allí en Tepito, ante la caja misteriosa y todavía cerrada, junto a la vendedora con la camiseta del Boca y la hija de la que apenas acababa de enterarse, con el asesino del que no se enteraba aún reptando incansable hacia los tres, a cada vez menos distancia…

Ahí y entonces, pues, Kustos se dio cuenta de que temas de conversación como el de "la materia más que viva" eran *terribles:* los peores que podían utilizarse para entablar conversación con una persona desconocida y dar una impresión de simpatía y cordialidad.

Y, sin embargo, Kustos siempre terminaba hablando de esos temas con las mujeres que de pronto, sin aviso, se aparecían en los lugares donde él contemplaba el mundo o descansaba de sus viajes de cualquier otra manera. Todas llegaban por azar: bajaban del autobús en el sitio equivocado, abrían la ventana precisamente cuando Kustos pasaba ante ella, o bien miraban, por casualidad, exactamente hacia donde él estaba: si a medianoche, ese lugar era precisamente el punto de la carretera donde caían las luces del auto; si a mediodía, era el rincón del patio escolar en el que se posaba una bandada de pájaros.

Y cuando las conversaciones iniciales no pasaban por los misterios de la putrefacción, o la especie de planta que realmente está representada en tal grimorio indescifrable, o los detalles inquietantes del caso de tal o cual aparecido o desaparecido, entonces llegaban a las cosas horribles que suceden en una parada de autobús de Aboudeïa, o lo que le ocurrió a aquel masajista de Dnepropetrovsk el día en que a su ventana le dio por mirar a un sitio diferente, o el modo en que se saludan los habitantes de aquel pueblo perdido de Roscommon en el que todos se cosen la boca al llegar a la pubertad, o qué sentido tiene el que la misma bandada de pájaros llegue, una vez al año, a la misma hora, a la misma carretera perdida en las afueras de Tiquisate...

—Papá —dijo la muchacha.

Con qué frecuencia extraordinaria (pensaba Kustos) esas conversaciones terribles se llenaban, pese a todo, de sonrisas y gestos de interés y agrado. Y con qué frecuencia también se prolongaban y se convertían en reuniones posteriores, o citas íntimas en el mismo día, o incluso —esto pasaba también con una frecuencia extraordinaria— las palabras más bien cesaban luego de pocos minutos y en cambio los dos, Kustos y la mujer con quien él estuviera, se descubrían respirando profunda, cada vez más rápidamente, como si un aroma nuevo y arrebatador hubiera aparecido de veras en el aire. Y entonces se miraban a los ojos, y sabían, y se tocaban las caras con las manos, y se tocaban los cuerpos con los cuerpos, y entonces había que caminar con discreción y prisa, o correr si se podía, al sitio cubierto más cercano, al rincón más silencioso de la interminable unidad habitacional, al promontorio de roca al final de la playa, donde nunca pasaba nadie, o bien a la parte de atrás del librero, del avión, del ídolo de oro, del hospital clandestino y siniestro…

—Señor —dijo la vendedora, que seguía con *su propia mueca indescriptible.*

Qué lo atraía a tantas mujeres tan distintas (y qué las atraía a ellas) no era, pensándolo bien, un misterio de los más grandes. Al menos, Kustos estaba seguro de que todas eran, de alguna manera, tan extrañas como él. Si alguna no se lo contaba, siempre podía ver los signos: no sólo estaban las que hacían cosas desusadas, las que guardaban o buscaban tesoros, las que ocultaban o difundían palabras e historias, las que representaban a sociedades secretas o cultos de casi nadie, las que tenían cicatrices largas, tatuajes blancos o enfermedades misteriosas; además, estaban aquellas cuya carne era distinta y se disfrazaban para verse menos diáfanas o menos pesadas; las que eran puro aire o plasmas quemantes; las que no terminaban de estar en un solo sitio, o de ser una sola; las…

—¡Papá!

Súbitamente, Kustos quiso mirar la cara de su hija para encontrarle parecido con alguien.

—¡Señor! —gritó la vendedora.

—¡*Papá!* —su hija tiraba de la manga de su camisa; de pronto le pareció de aspecto frágil. Tal vez era hija de la señorita Clark, de aquella otra que le había tratado de vender el Jarro de Juan, de alguna de las Siete Ineses, o bien de la muchacha que limpiaba los cepillos de dientes en la Cuarta Iglesia Cuarta. Su nariz, cierto, se parecía sobre todo a la de LaSiDoSiSiLaSi-DoSiSiLaSiDoSi, aquella mujer tan grave y tan serena de Sol-MiDo, donde todos se creían tan perversos…

—Oye —empezó Kustos.

—Usted oiga —empezó la vendedora, que se las estaba arreglando muy bien para poner cara de impaciencia e irritación sin dejar de hacer *su mueca misteriosa.*

—¡Qué le pasa, papá, ya le he dicho que no se me distraiga! —dijo la muchacha, y entonces Kustos salió del todo de su ensimismamiento.

—Una vez más —dijo el asesino—, que nadie se mueva. ¿Está usted drogado o qué?

Repta que te repta, desde luego, había llegado hasta el puesto de zapatos piratas, y se había metido sin que nadie se diera cuenta, y tras levantarse súbitamente estaba, ahora, de pie ante ellos, todo gabardina negra y sombrero negro y negras intenciones, apuntando a los tres con una ametralladora ridículamente grande.

Kustos notó que el asesino (quien desde luego lo parecía, pensó: ¿qué clase de atuendo era aquél?) también retorcía la cara en *su propia mueca etcétera.*

—Yo también conozco sus trucos —explicó el asesino—. Bueno. Seguramente se preguntarán para qué quiero, o mejor dicho, para qué quiere mi organización fastidiarlos a ustedes justamente cuando se encuentran ante la famosísima Mosca de Oro…

—¿Para qué? —dijo Kustos, menos asustado que curioso, pero casi al mismo tiempo la vendedora dijo:

—No.

Y la muchacha dijo:

—No me interesa.

—Llévesela —dijo la vendedora al tiempo que levantaba, para dársela al asesino, la caja de la marca IVIKE—. Ya. ¿No es lo que quiere? Mátenos y vaya y véndala.

Como antes, ahora a su alrededor había personas huyendo, alejándose del puesto de zapatos, pero en esta ocasión huían de la escopeta. Con todo, pasaría algún tiempo antes de que cualquier autoridad de las que controlaban el territorio del mercado (o bien la policía) se diera cuenta cabal de lo que estaba pasando...

El asesino tendió una mano para recibir la caja de zapatos, pero la bajó antes de que la vendedora pudiera entregársela. Sin dejar de apuntar, dijo:

—¿De veras no les interesa saber qué me propongo?

—No —dijeron la muchacha y la vendedora.

El asesino suspiró sin dejar de apuntarles ni de hacer *su mueca etc.*

—A mí sí —dijo Kustos, pero vio la cara de enojo que ponía su hija y agregó—: No, a mí tampoco.

Entonces el asesino, apretando los dientes, les dijo:

—¿Se dan cuenta de que el explicarse... el contarlo todo luego de mucho tiempo y mucho esfuerzo que han conducido al triunfo... es de las pocas recompensas que hay en la vida de alguien como yo?

—No —dijo Kustos.

—Dispare ya —dijo la vendedora—. ¿Qué espera?

La muchacha (gesto encantador aunque grosero) le enseñó la lengua y no dijo nada.

El asesino chilló.

—¡Cómo se atreven a negarme mi satisfacción! ¡Qué clase de personas son ustedes! ¡Ni siquiera porque la Mosca de Oro no nos importa en lo más mínimo y nada más nos pagaron por…! ¡Esto no es lo que se me prometió en los cursos de capacitación! ¡Fui a los seminarios, canté las canciones de motivación, participé en las dinámicas de integración, trabajé mi inteligencia emocional, y todo para qué! —y muchas otras cosas dijo, y cada vez con palabras más destempladas y a mayor volumen, y en algún momento dejó de apuntarles y la boca de la ametralladora empezó a moverse alocadamente de un lado para otro, y daba saltitos de rabia y luego llegó a tal iracundia que empezó a hacer muecas horribles y, por tanto, dejó de hacer *la mueca*…

Y entonces la vendedora, *quien no había dejado de hacer su mueca,* abrió la caja de zapatos marca IVIKE, y en ella estaba la Mosca de Oro, que no se ha de describir aquí.

Y el asesino, desprotegido, vio a la Mosca de Oro, y la repulsión que producía la Mosca de Oro actuó sobre él del modo más fuerte, y hubo una especie de estallido de aire, un golpe y un estruendo de viento que tiró el puesto de zapatos y varios más, y del centro del barrio de Tepito se elevó, a velocidad escalofriante y supersónica, como un misil negro y con sombrero y sin carga nuclear y despegando de un país subdesarrollado, el asesino, quien gritaba de modo sumamente desagradable pero, por supuesto, iba más rápido que el sonido de su grito y sólo consiguió desquiciar el tráfico aéreo de la ciudad por varias horas, llamar la atención de las autoridades, adelantar una o dos horas el momento de que llegaran al barrio, y (en fin) perderse de vista en el cielo, un punto y luego nada como tantos otros que se han caído para arriba y hasta el infinito, que tiene sus diversas gravitaciones.

Mientras la vendedora cerraba la caja, Kustos comprobó que la muchacha no había soltado jamás la mano de él y por esto había gozado de protección sin *mueca.*

—Lo supe —diría ahora—. Nadie me lo tuvo que decir. Igual que supe que ella, la muchacha era mi… bueno…

Así como ahora se quedaría callado tras estas palabras, entonces no se le ocurrió nada más que decir y, cuando todo estuvo en calma, comenzó:

—¿Sabías que esta marca viene del nombre de una diosa antigua, de…? Bueno, quiero decir, la marca original. Era la diosa de la victoria. El nombre de IVIKE es casi el de esa diosa, nada más que en lugar de la I y la V…

—Después le explica —dijo la vendedora—. ¿No quiere saber primero qué pasó?

—Lo vencimos —dijo Kustos.

—No.

—Bueno, lo venció usted.

—No, no.

—Lo hizo ver a la…, lo que está en la caja.

—¡No fue sólo eso!

—¡Lo engañó con mucha habilidad y lo hizo enojar y luego…!

—¡No, no, no puede ser! ¿No se da cuenta?

—¿De qué?

—Papá —dijo la muchacha, y miró hacia la caja cerrada con ojos muy abiertos. Kustos entendió y miró también. Notó entonces que la caja, en realidad, era falsa (o más falsa que las otras) porque los signos que deberían haber sido la palabra

IVIKE

eran, más bien,

¡VII<i≈

… O tal vez ni siquiera esto: daban la impresión de moverse, de no querer dejarse leer, y apenas su forma o su color sugería una semejanza con los signos que había en otras cajas. Además, el cartón de la caja parecía de menor calidad: de hecho no parecía cartón sino papel de carta, o tal vez papel periódico, o papel higiénico, dependiendo del instante en que se le mirara.

Y, además, las diferentes caras de la caja no estaban delimitadas por líneas rectas y no se juntaban en ángulos rectos; de hecho apenas se juntaban; de hecho…

—¿Ya vio?

—Ya veo —dijo Kustos—. Pero…

—Es una caja protectora —dijo la vendedora.

—Ivike —dijo la muchacha— viene a ser como la diosa de las copias. De las que se hacen aquí. Y en todas partes.

Más tarde, mientras un grupo de muchachos todos iguales entre sí y salidos de quién sabe dónde ayudaba a levantar otra vez los puestos (y alguno hallaba y se guardaba la ametralladora), la vendedora presentó como se debía a Kustos y la Mosca de Oro y el hombre, protegido por el contacto de la mano de su hija, pudo hacerle las siete preguntas que le estaban dadas.

—No llegué a hacer —diría Kustos ahora, muy molesto— las que más me importaban. De lo de ser papá, ni una. ¡Y de lo demás tampoco! Fue la emoción… Hablé sin pensar y tropezando, parecía un idiota. "¿De veras es de oro usted?" ¡Una vez en la vida que se puede hablar con ella y yo le pregunto eso…!

En cualquier caso, una de las respuestas que sí obtuvo fue que, en efecto, hay dioses y diosas de mucho más que lo que se piensa habitualmente; de la originalidad y de las copias, de la arrogancia y del dinero mal habido, del vello facial y de los diarios viejos, de la putrefacción y del contento más íntimo y secreto.

Y al salir del mercado, en dirección a la estación del metro (la Mosca les había confirmado también que el tren subterráneo era el modo más rápido de salir de la zona), Kustos y su hija —quien tenía el mismo color de ojos que la bailarina de Taipei; que sonreía del mismo modo que la mujer vastísima de la que sólo había entrevisto (precisamente) la sonrisa, al despedirse de ella, en aquel vestíbulo en Cuadras de Sombra—pudieron ver a la vendedora original: era un poco más alta y más sólida, los colores de su camiseta del Boca eran más firmes, su boca y su nariz eran distintas y además llevaba tres aros encima de cada ceja.

—¡Mira nomás! —dijo Kustos, volteando—. ¡Tres y no dos!

Y cuando dejó de mirar, porque la mujer le hizo una cara agria, se dio cuenta de que la muchacha nuevamente se había ido.

LA CONFUSIÓN

En el cuarto de la pensión en Barcelona había una mesa con dos sillas, una cama individual, un armario empotrado y vacío, un cuarto de baño del mismo tamaño que el armario, una parrilla eléctrica. También, un banco sobre el que estaba puesto un ventilador viejo, de plástico negro y aspas de metal desportillado. Las paredes estaban cubiertas de agujeros hechos con clavos y tachuelas.

Y como el ventilador no estaba encendido, el polvo podía moverse en paz. Cualquiera habría podido verlo entonces, allí, en ese momento: una niebla hecha de fragmentos pequeñísimos, incontables, cada uno en su propia ruta por el aire pero siempre, para siempre, junto a los otros.

Más aún: como era uno de esos días misteriosos que llegan cada no se sabe cuánto, y se habían cantado los cantos pertinentes y echado los ensalmos, el polvo hablaba: decía la única palabra que puede decir, y que describe y anuncia el momento en que una conciencia humana se contagia de la desidia del polvo y decide volverse polvo, no existir más, contentarse solamente con el movimiento diminuto, azaroso, inútil, definitivo.

Esa palabra que quien la aprende y la pronuncia entiende, y al ser entendida quita todo deseo salvo el de repetirla y moverse poquito, apenas, para ser como polvo…

Pero nadie iba a entrar en el cuarto: Kustos, ya ante la puerta, estaba por meter su llave en la cerradura pero no sólo encontró en el suelo, justo ante sus pies, el sobre lacrado con el mensaje de Juan Palacios.

—¿Hola? —escuchó, y miró hacia el sitio del que venía la voz, y en el fondo del pasillo, cerca de las escaleras, estaba la muchacha: casi una niña, pálida y de ojos grandes, suéter y chamarra y pantalones de mezclilla, lunar cerca de la nariz, rayo azul eléctrico—. Hola —volvió a decir ella.

Kustos intentó responder:

—¿Hija?

Ella entendió la palabra, le sonrió con una sonrisa enorme y lo abrazó con fuerza. Luego los hechos quedaron un poco superpuestos o en desorden: Kustos leyó el mensaje de Palacios, se internó por las calles del Barrio Gótico, entendió que le pedían llegar a las cuatro y ya eran las tres y media, abrió el sobre, notó el calor fuerte de la tarde, preguntó a la muchacha cómo aparecía, descubrió que no conseguía orientarse por las calles estrechas, por qué aparecía, explicó que el hombre era su "cuate" y estaba avisado de su viaje a Barcelona, decidió que no podía perder tiempo y debía salir de inmediato a ver a Palacios, cómo desaparecía, rompió el sello para abrir el sobre, salió del edificio con la muchacha, por qué desaparecía, tomó el ascensor hasta la planta baja del edificio, le dijo a la muchacha que lo acompañara a ver a Palacios, etcétera.

—Estoy —dijo, cuando al fin llegaron a la Rambla, la cruzaron y de inmediato dieron media vuelta, porque el lugar de la cita no estaba por allí— muy desorientado. Desvelado. Es por el vuelo. Acabo de llegar. Siempre me pasa. ¿Cómo supiste la palabra secreta?

—¿Cuál palabra secreta?

Kustos se la dijo. También iba a preguntar de nuevo cómo hacía ella para desaparecer y aparecer así, y quién era su madre, y todo lo demás, pero ella dijo:

—Papá, me va a perdonar, pero el otro día que lo vi, en el parque, lo vi muy mal. ¿Se atendió? ¿Fue con un doctor, un... cómo se llaman aquí? No sé cómo se llaman aquí... Bueno, mi mamá me dijo, pero no me acuerdo... Es que también estoy muy cansada: llegar me costó más que la primera vez y todavía no me repongo... digo, no me...

—Cuál parque —dijo Kustos, y se dio cuenta de que las palabras no habían alcanzado a sonar a pregunta, pero ya estaban ante el edificio donde vivía Palacios.

Los edificios en una calle desierta, como lo estaba aquélla, tienen una facultad particular: cuando se les mira en el estado preciso de torpor y cansancio es posible encontrar, en su solidez y su quietud, la certidumbre de que todo en el universo es materia, como ellos, y no hay nada más que esa materia: que todo lo demás —la vida, los movimientos visibles, los invisibles— es pura ilusión.

—El doctor Bayar, que es primo del otro doctor Bayar, es decir, del simpático —nos diría Kustos ahora—, presumía haber inventado el concepto de la calle, haberlo formulado de modo que incluyera esas ideas terribles y habérselo enviado, mediante no sé qué método, a un cavernícola del Pleistoceno, de modo que la historia humana tuviera calles desde el principio y por lo tanto recordatorios de la nada y la muerte, o más bien de otra cosa que decía él... no recuerdo exactamente qué decía... En fin. Por eso, según él, todas las ciudades tienen esta arma interconstruida, precargada, como se diga, para que quien sepa usarla la active cuando quiera.

Justamente ese día, alguien, de haber estado mirando en la dirección correcta —a la mancha verdinegra en la balaustrada del balcón del primer piso del número 455, donde convergían los ejes invisibles y malévolos de todas las construcciones circundantes—, habría sentido la presión en su cabeza, el peso de una ola fuerte pero intangible, la certeza de la nada: la urgencia imperiosa de terminar a toda prisa con el engaño de la vida.

Pero nadie miró en esa dirección, y Kustos entró con su hija en el edificio sin mayores dificultades. Los dos subieron al piso indicado y esperaron a que el mayordomo (venía de librea y todo) les abriera.

—¡Pasa, pasa, coño! —gritó Juan Palacios desde adentro, y Kustos y la muchacha entraron por el vestíbulo alfombrado y con paredes recubiertas de espejos. De allí pasaron a un salón amplísimo, con piso y muros recubiertos de metal, que miraba, por grandes ventanales, a las avenidas y al mar. Dos cuadros enormes en una pared imitaban obras de Mondrian o el diseño de una lata de fijador. Una mujer desnuda esculpida en metal dorado estaba en una esquina, al lado de varias cajas de cartón, un televisor de alta definición con la pantalla rota y todas las consolas de videojuegos de la más nueva generación. Tres hombres con aspecto de guardaespaldas de película —trajes negros baratos, pistoleras mal escondidas, pulseras brillantes— estaban sentados en un sillón de cuero negro al lado de Palacios, quien levantaba una copa para saludar a Kustos y se quedó sorprendido de ver a la muchacha.

Kustos logró sacudirse el aturdimiento el tiempo necesario para explicar a su hija:

—En varias ocasiones que he llegado a venir me ha invitado a alguna de sus casas. Le cuento de mis viajes; le gusta —hablaba tan rápido y con voz tan baja como le era posible—. Hay varias personas así. Y él me da noticias muy interesantes: se encuentra cosas en sus propios viajes y…

—¿Qué? —dijo la muchacha.

—Váyanse. Que Ortega nos traiga unas copas —dijo Palacios y los guardaespaldas se fueron—. Qué gusto, Kustos. ¿Es tu novia? ¿No? ¿Tu hija? ¡Vaya con el secreto, tío!

Juan Palacios era un cincuentón con cuerpo de barril. Estaba enfundado en pantalones de mezclilla y camisa vaquera que le quedaban enormes. Tenía una papada de rana, grande y temblorosa. Como le ocurría con frecuencia al estar en su presencia, Kustos tardó en notar que había alguien más en el salón. Era un joven flaco, moreno pero de cabello rubio y revuelto, que no se había ido con los guardaespaldas; estaba tumbado en un diván rojo, dándoles la cara pero mirando, minuciosamente, hacia otro lado. Llevaba pantalones de mezclilla, una camiseta muy ajustada y anteojos con montura de pasta.

—Ven acá —ordenó Palacios y el joven se levantó. Miró a Kustos y a su hija con cara de disgusto pero no dijo nada. Fue hasta Palacios, quien lo abrazó por la cintura—. Éste es Manolo. Es amigo mío. Muy talentoso. También su nombre artístico es Manolo: así, sin apellidos. No sabe bien qué hacer con su talento pero lo tiene en cantidad. De momento quiere ser cineasta... ¡Ortega! —gritó—. ¡Dónde están esas bebidas, Ortega!

El mayordomo entró con un carrito repleto de botellas. La muchacha no quiso nada y Kustos tomó una botella de cerveza pero no bebió de ella. El mayordomo se fue.

—Yo creo que debería ser cantante. Le iría muy bien y tengo más amigos en ese negocio que en el cine. Pero, claro —siguió, sin soltar a Manolo—, yo le ayudo en lo que él quiera, que para eso estamos aquí. Ya tiene su eslogan: "El cine empezó conmigo".

Sonrió.

—Él y yo tuvimos apenas un roce, una peleílla..., que no tiene la menor importancia. La gente aprende con el tiempo a respetar a sus mayores. Lo que sí importa es que después de haberse marchado de aquí con gran escándalo, golpeando las puertas, escupiendo en el suelo como si tal cosa, rompiendo bo-

tellas y pateando aquel aparato que era su regalo de cumplea-
ños, Manolo se ha enfermado: ha vuelto, me ha pedido ayuda,
y ahora estoy a punto de llevarle al hospital…

"Pero antes quiero mostrarte. Por eso te dejé recado. Mos-
trarles, claro, si te parece bien que tu hija… ¿Está bien? Muy
bien. Habla, Manolo."

Manolo no habló.

—Habla, hijo de puta, o aquí nos quedamos —dijo Palacios, y de pronto estaba tomando a Manolo del cuello y apretando. De inmediato hizo una mueca—: Espero, Kustos, que le
hayas dicho a tu hija que yo soy un hombre rudo… ¿Vas a hablar o no, Manolo?

Manolo, quien hasta aquel momento le había parecido a
Kustos aburrido o arrogante, o ambas cosas a la vez, empezó
a retorcerse. Palacios lo soltó y los tres lo vieron poner una cara
extraña: estiró la boca de modo que empezaron a asomar los dientes, parpadeó rápidamente varias veces, hinchó la nariz. Empezó a resoplar, apretó los dientes, enrojeció de la frente a la barbilla y por fin dijo:

—La tercera es la vencida.

—¿Qué le pasa? —preguntó la muchacha.

—La tercera es la vencida —volvió a decir Manolo—. La.
Tercera es la. Vencida la tercera. Es la. ¡Vencida la tercera es la
vencida la tercera es la vencida la! —y comenzó a gritar. Siguió
pronunciando las mismas palabras (o las mismas sílabas) en el
mismo orden—. ¡Ter! ¡Cera! ¡ES LA VEN! ¡CIDA LA TER! —y de
pronto se apartó de ellos, llegó hasta la estatua de la mujer desnuda, comenzó a empujar, dejó de empujar, miró a Palacios,
dio otro grito más fuerte que los anteriores: —¡CE!— y levantó
una pierna y dio una patada a la estatua. Se oyó un crujido que
no provino de la estatua, pues ésta era de material muy duro
además de dorado.

—¡Joder! —gritó Palacios.

Manolo dijo:

—¡RAAAAA! —y se dejó caer al suelo. Siguió llorando pero se mordía el labio inferior; Kustos pensó que así mantenía cerrada la boca. Manolo se quitó el zapato y el calcetín haciendo gestos de dolor. Se tocó el pie y respingó pero consiguió no decir más que una sílaba.

—Es —dijo.

—Te lo mereces —dijo Palacios—. Igual que te mereces que te presente como fenómeno. Tú —dijo a Kustos— no tienes problemas con esto, ¿no es así? En cualquier caso es un asunto interesante: una enfermedad que reduce el habla de una persona a una frase sin sentido...

—Es como decir "a la tercera va la vencida" —explicó Kustos.

—Cambia cada cierto tiempo. De hecho hace rato estaba diciendo "Volvió a fallar, carajo" o algo parecido... Mira, Kustos, quise que vinieras con tanta urgencia porque realmente le llevaré al hospital una vez que tomes tus notas. Para que vea que no soy un monstruo. ¿No traes una cámara? Espera un poco y verás que todavía falta lo mejor: el otro síntoma del padecimiento, el que deja ver que no sólo tiene daño cerebral... Manolo, habla un poco más, por favor.

Manolo tentaba, despacio, los dedos de su pie. Gimió al tocar el más pequeño. Alzó la vista y no habló. Como en un melodrama animado, las lágrimas trazaban dos surcos gruesos en sus mejillas.

—Mejor que no hable —dijo la hija de Kustos, pero Palacios ya se había acuclillado junto a Manolo y le apretaba, con fuerza, el dedo herido. Manolo gritó una vez más.

—Al volver, después de que se largó, me ha escrito —decía Palacios— unos recados tan conmovedores, tan suplicantes... Después se los mostraré. Pero en ellos me ha dicho que está arrepentido de haberme tratado mal, que está dispuesto a lo que sea con tal de que le ayude, y sobre todo que entiende que la razón la he tenido yo siempre. Así que ahora —remató, apretando de nuevo— ¿de qué te quejas?

—¡La vencida! ¡La tercera! —se quejó Manolo—. ¡Es la vencida! ¡La! ¡Tercera! ¡Es la ven! ¡Cida la! ¡Tercera!

—Papá, haga algo —dijo la muchacha; Kustos entendió que estaba indignada y se inclinó hacia Palacios y Manolo pero en ese momento se manifestó el segundo síntoma del padecimiento:

—Es la vencida —dijo Manolo y empezó a echar espuma por la boca: una espuma de color violeta, muy tenue y ligera, pero que no dejaba de salir y además aumentaba: en pocos segundos pasó de ser un flujo leve a un chorro potente que manchó los muebles y la estatua, empezó a serpentear por el piso, llegó mucho antes de lo que ninguno hubiera esperado hasta las paredes del salón, siguió acumulándose. Manolo seguía diciendo las pocas palabras que era capaz de decir, pero ahora cada vez más rápido y más alto. La espuma no las estorbaba: seguían oyéndose alta y claramente.

—¡Está peor que antes! —dijo Palacios, quien se levantó, intentó alejarse de Manolo, resbaló en la espuma y cayó de espaldas. Kustos se inclinó para ayudarlo; el chorro le dio en el pecho y lo derribó también.

—Hasta después entendí todo —nos diría Kustos ahora—, porque entonces, claro, estaba muy atarantado. Yo incluso había leído ya de esa arma, que está hecha de eso, de palabras y espuma, en unos archivos muertos en la ciudad de Kupang, allá en Timor: hay cada cosa rara ahí… Todas las cajas están llenas y rotuladas como VARIOS, o MISCELÁNEA, cosas así, y las hojas están metidas de cualquier modo, dobladas, arrugadas… Pero ahí me encontré lo del arma y es bastante desagradable porque… realmente es como un último recurso: quién sabe qué otras cosas habrán usado ese…

—¡Papá! —gritó la muchacha, y entonces los hechos volvieron a quedar superpuestos o en desorden: Kustos descubrió que ya no veía nada salvo el violeta de la espuma, sintió tres o cuatro pares de manos que lo levantaban, escuchó un tronar de cristales rotos, entendió que lo que se rompía era una puerta, vio que algunos de los hombres ayudaban también a Palacios, sintió que el nivel de la espuma comenzaba a bajar, escuchó el estruendo de algo que se rompía, entendió que lo que se rompía era un ventanal, entrevió a Ortega el mayordomo y a otra media docena de hombres (vestidos todos de guardaespaldas) que primero reculaba ante la espuma y luego entraba corriendo, vio cómo la espuma salía por el agujero en los ventanales para derramarse sobre la calle, varios pisos abajo, descubrió que estaba a punto de ahogarse, oyó que su hija le decía:

—Al menos estaban ellos cerca.

Y la oyó también gritar, lejos de él:

—¡Auxilio! ¡Ayúdennos! ¡Señor! ¡Alguien!

—Aunque, la verdad, no fue —nos diría Kustos ahora— el plan más inteligente, precisamente porque no estábamos encerrados en un calabozo, sin nadie que pudiera ayudarnos. Deben haber pensado que no se nos iba a ocurrir, o que la espuma iba a subir todavía más rápido de lo que subió…

Pero apenas un minuto después del rescate, Kustos dormía (se había derrumbado inmediatamente después de que lo levantaran: simplemente no había podido continuar despierto, como le pasa a algunas personas luego de un vuelo transcontinental) en un sofá puesto de cualquier modo en el corredor del piso de Palacios; su hija, nuevamente, desaparecía sin que nadie viera cómo, y Juan Palacios, sentado en un diván muy parecido al de su gran salón, lloraba a Manolo, mientras pensaba que nunca había sabido cuáles eran sus apellidos, de dónde venía, cómo había conseguido aparecer en aquella fiesta tan exclusiva ni ninguna otra información semejante. Esto le preocupaba no sólo porque (estaba seguro) hubiera podido hacer de él, si no cantante o cineasta, por lo menos actor o celebridad de la televisión, sino porque, en ese momento, una persona que hubiera entrado al gran salón y se hubiera quedado allí, mientras la espuma seguía derramándose hacia la calle, hubiera podido comprobar que en efecto no quedaba nada del joven salvo sus ropas, manchadas de violeta, sus zapatos y sus anteojos tan a la moda y de tan buen diseño. De un punto entre esos restos seguía saliendo la espuma, que no perdió fuerza durante semanas.

El observador ante la espuma también habría notado que, en cada burbuja de las que seguían apareciendo, se escondía un sonido diferente, que salía al tronar de la burbuja como una explosión mínima: un soplo de aire que era una fricativa, una nasal, una aproximante lateral, o bien una larga vocal desconsolada que apenas podía escucharse.

Pero en el salón, como ya se dijo, no había nadie.

EL PRIMER INTENTO

Luego, Horacio Kustos esperó: siguió con sus viajes, siguió anotando sus descubrimientos y redactando sus informes, siguió recibiendo su paga, pero estaba esperando.

—A que volviera —nos diría ahora—. A aparecer. Creo que me empecé a obsesionar con el asunto.

En aquel tiempo, sin embargo, Kustos habría dicho que se trataba de contar bien el caso: encontrar toda la información pertinente y no dejar cabos sueltos. Había indicios valiosos en lo ocurrido hasta aquel momento: para la muchacha (como se dice) no pasaban los años; tenía el aspecto que tenía; aparecía y desaparecía de pronto, sin aviso; ella y Kustos tenían ciertos problemas para comunicarse. Por primera vez en mucho tiempo,

Kustos usó un par de periodos de descanso no para encerrarse y tener encuentros imprevistos sino para ir con amigos y buscar información. Perdida la oportunidad de hablar con la Mosca de Oro, tardó un mes entero en reunir a los exiliados de las Siete Ciudades, que por entonces estaban (las ciudades) repartidas entre el Medio Oriente, las provincias más septentrionales de Canadá y tres archipiélagos en el Pacífico, para pedirles una de sus famosas consultas colectivas; fue con el sabio Lande de Eded Nal, el que sólo habla en palíndromos con cuatro interpretaciones posibles; fue con los Cavernarios de la Luna, con la Máquina Finita, con los guardianes de la Cosa Retrospectiva, y nadie pudo ayudarlo: nadie pudo explicarle quién era la muchacha, de dónde venía ni cómo convocarla otra vez.

—Incluso llegué a buscar a varias de mis… amigas de otras épocas… las que más se parecían a ella. ¡Llegaba y les preguntaba si de casualidad no tenían una hija!

Y luego, mucho tiempo después, la vio de pronto en el andén de la estación de autobuses en Huarmey, a punto de subir al mismo (a Lima, con paradas intermedias) que él tomaría. Su aspecto, desde luego, seguía siendo el mismo. Kustos pensó que había pasado más de un año desde su último encuentro; luego notó que llevaba la cuenta exacta de los días; finalmente, como el autobús estaba a punto de salir, no se entretuvo más con pensamientos.

—¡Papá! —dijo ella—. Qué bueno que al fin lo veo, papá…

Kustos la ayudó a abrirse paso entre hombres y mujeres cargados de bultos, animales vivos y pesadas maletas, y hasta pudo encontrar asientos para los dos, uno al lado del otro, en la parte trasera del autobús, atrás de muchas personas de pie y varias jaulas llenas de pollos. Casi de inmediato estaban en marcha.

—Ahora no queda tan lejos adonde vamos. Además hay un hostalito cerca, muy bonito, seguro, parecido al de…

—Tenemos que hablar usted y yo —dijo la muchacha.

—Y entonces pasó algo raro —nos diría Kustos ahora—: estaba tan contento de verla, tan emocionado…, creo que ésa es la palabra… tan contento de que estuviera allí, de que ella estuviera realmente allí conmigo, que me puse dicharachero: me puse a hablar y hablar y hablar, a contarle anécdotas…

Su hija asentía cortésmente, se indignaba, se asombraba y reía, como los otros: los escasos amigos que escuchaban a Kustos cuando estaba en un momento de imprecisión o de negrura y necesitaba contar sus historias. Apreciaba la ironía en el caso de "La pierna ausente", entendía absolutamente todo el contenido de "El cofre de las catorce ranas", se daba cuenta de cómo "La risa de los pelirrojos" podía ser contraída por cualquiera, con resultados terribles. Pero a Kustos le parecía que cada relato, aun dicho solamente de memoria, era aún mejor cuando lo oía la muchacha.

—Papá.

Todos sus amigos eran personas atentas, amables a sus modos, pero que vivían de manera razonable y convencional, sin asomarse nunca más allá de sus propias vidas; cuando escuchaban lo que él podía contar siempre escuchaban algo que apenas les concernía.

—Papá…

¿Cómo podía ser igual con su hija, que venía de quién sabe dónde y tal vez de quién sabe cuándo, que no se gobernaba por las mismas reglas…?

—¡Papá!

—Pero todo esto que te digo —dijo Kustos— además tiene antecedentes: eso de la estatua que siente no nada más se aplica a… ¿Qué dijiste?

—Espérese, por favor. Ya ve que he estado yendo y viniendo: ahora tampoco me voy a poder quedar mucho tiempo. Ya averigüé. Allá en casa, mi mamá me dice que está viendo por qué es, que tampoco lo tiene muy claro, pero por eso le tengo que decir ya: esto que ha estado pasando siempre que nos vemos…

—¡Espera! —la interrumpió Kustos—. Me parece que… déjame ver… Sí, aquí es —y comenzó a levantarse mientras gritaba—: ¡Bajan, bajan aquí! ¡Alto! Mira —dijo a la muchacha—, bajamos y me cuentas todo lo que quieras…

Entonces ella lo hizo sentarse de nuevo de un violento tirón.

—Cállese un momento. Mi nombre es Lluvia: Vera Lluvia Pérez Fuit. Mi mamá se llama Nube y somos de… —y ella le murmuró las tres palabras al oído.

Luego gritó también: —¡Bajan! —y Kustos seguía sorprendido tras haberse abierto paso a empujones, entre miradas atentas, comentarios maliciosos y equipaje suelto de los otros pasajeros, para bajar del autobús junto con la muchacha.

—¡Con razón! —dijo, mientras el vehículo arrancaba otra vez y reanudaba su camino por la carretera—. ¿Sabes que el nombre de tu tierra solamente se puede decir como me lo dijiste, y que de hecho parte de él es también lo que sienten quienes no lo escuchan?

Lluvia no respondió.

—Es decir, la duda, la desconfianza, o bien la indiferencia de… Pero lo sabes, ¿verdad?

—Pues sí, papá —dijo la muchacha, y le sonrió.

Estaban en una zona desértica, con arena suave pero poco profunda. Comenzaron a caminar alejándose de la carretera. Kustos cargaba una mochila de campamento bastante grande y daba pasos fuertes que se hundían en la arena; Lluvia era tan ligera que sus huellas se veían perfectamente pero casi no emitía sonido al andar.

—Esto es un poco un atajo: la carretera vecinal empieza como a otros cincuenta kilómetros —dijo Kustos. Y de inmediato—: Yo nunca he tenido… Lluvia es muy bonito nombre, por cierto…

—No se me distraiga.

—No me distraigo. Es decir, no dejes que me distraiga…

Se detuvo y se quedó muy tieso. Lluvia se había quedado un poco detrás y él se quedó inmóvil, mirando hacia el desierto que se extendía delante: no quería ver la cara de la muchacha.

—Estoy tratando de decir… bueno, ya, quiero decir que yo nunca pensé que fuera a tener una hija.

Vio en cambio las pendientes que subían y bajaban, a veces muy empinadas y otras menos.

—Me alegro mucho de tenerla, de veras —dijo—. Pero ahora no sé qué hacer. Ni siquiera sabía que existías. Y a tu mamá la conocí… no sólo fue hace mucho, sino que la verdad… la verdad no esperábamos que pasara nada. Yo esa vez sí usé… Y no esperábamos siquiera volver a vernos. ¿No se supone que desde allá no se puede venir acá? Yo pensaba que cuando mucho uno podía empezar aquí, cruzar el Puente Pródigo, llegar medio muerto, y entonces esperar a que el mundo tirara de uno y no lo acabara de matar en el proceso. Y además… no sabía de quién podías ser hija porque he… he conocido a varias… a varias mujeres, en el tiempo que llevo…

Otra vez echó a andar y escuchó tras él, apenas, los pasos de la muchacha. Tenían que continuar hacia el oeste, hacia el mar que estaba más allá de las dunas. Los dos bajaron por una leve depresión y comenzaron a subir otra vez. El sol quedó oculto por un momento, arriba y delante de ellos.

—Con el trabajo que tengo —dijo Kustos— es imposible que uno se asiente, que piense en quedarse en un solo lugar, en casarse, en tener hijos. Te soy sincero, yo nunca lo pensé. Siempre me he visto solo, haciendo esto y ya.

—Lo entiendo —dijo Lluvia.

—Pero ahora —dijo Kustos, mientras la pendiente se volvía más empinada y lo obligaba a avanzar más lentamente— el problema es que no sé bien qué decirte… porque…

—Porque no sabía que yo existía —dijo Lluvia.

—Exacto. Y porque…

—Porque ahora que lo sabe, no sabe si yo le quiero reclamar o qué. ¿No? Y no quiere dejar su trabajo, no se quiere ir a casar con mi mamá y tiene miedo de que yo le pida que se haga responsable. ¿No?

Kustos se detuvo de golpe. Sentía rabia. Se volvió y alcanzó a ver la cara de asombro de su hija, tal vez ante la brusquedad de su movimiento, pero de inmediato resbaló en la arena, cayó de bruces y se deslizó cara abajo hasta la base de la pendiente.

—¿Se puede creer —nos diría Kustos ahora— que me enojé con ella porque decía con tanta soltura lo que yo era incapaz de decir?

Pero cuando su hija pudo ayudarlo a levantarse, y él quitarse la arena de los ojos, la rabia había desaparecido.

—Papá, no pasa nada —decía ella—. No pasa nada, de verdad. Yo solamente quería conocerlo. Ahora también lo quiero ayudar, claro, pero eso es todo. Mi mamá y yo estamos bien. Yo me crié bien. No nos hace falta nada. Y otra vez le digo: le quiero contar muchas cosas. No nada más del problema de ahora, aunque ya también hice unas averiguaciones…

Lo primero que pudo decir Kustos fue:

—No sé qué hacer.

—Y era verdad —nos diría ahora—. No sabía qué hacer. ¿No es raro? ¿Que lo que más me preocupara en ese momento fuera cómo reaccionar y qué decirle?

—Hace rato me decía usted que no estaba lejos un hostal. ¿No? ¿Por qué no vamos allá? —le propuso Lluvia.

—Luego supe qué pasó: lo que me interesaba ver sí ocurre —nos diría Kustos ahora—, y sí es en ese lugar, pero no es el día en que yo llegué sino una semana después. Me dieron la información equivocada.

Entonces volvieron a comenzar la subida y, para hablar de alguna otra cosa, Kustos comenzó a explicarle lo que (pensaba) sucedería allí en pocas horas:

—Hay un misterio que no se puede decir en español...

—¿Cómo?

—De hecho hay varios. Y hay otros que no se pueden decir en otros idiomas. No se pueden resolver ni plantear: son como trampas. Por ejemplo, lo que va a pasar aquí. A eso de las once o doce de la noche, van a ser los Juegos de Manos.

—¿Los qué?

—Son cada 4 de marzo, pero siempre son en un sitio diferente. A Manos no le gusta repetir.

—¿A quién?

—A Manos. ¿Ves, te das cuenta?

—Suena como chiste.

—Y eso es exactamente lo que Manos quiere: que nadie vaya a ver qué pasa en los Juegos, quiénes juegan, qué hacen con la gente que va.

—¿Cuál gente?

Lluvia resbaló pero Kustos le dio la mano a tiempo para que no cayera. La mano de su hija se sentía sólida, tibia bajo su propia mano.

—No es una cosa agradable. Al amanecer del siguiente día, es decir, de cuando se acaban los Juegos, quienes han oído los estallidos y los disparos encuentran dos cadáveres, todos golpeados y embarrados de sangre: son de un hombre y una mujer que nunca se conocieron en vida, vienen de países muy lejanos entre sí y además habían desaparecido mucho tiempo antes.

—Eso no es cierto.

—¿Tú me dices eso a mí?

Los dos se detuvieron. Habían dejado atrás la pendiente y la siguiente duna (pensó Kustos) debía ser la última antes del hostal.

—Es que suena… —empezó Lluvia, pero no siguió. Kustos creyó entender la extrañeza que veía en su cara.

—Así es como quieren que suene —le explicó Kustos—. Dices el nombre y a la gente le parece una tontería y ya no te hace caso. Ni siquiera es un buen chiste.

Pero esta vez Lluvia no reaccionó. Kustos miró hacia donde ella miraba y entendió. Se veía humo, tenue pero gris, que subía desde el suelo al otro lado de la duna, y hasta los dos llegaba un fuerte olor a quemazón.

Los dos corrieron. Cuando lograron bajar de la duna y subir por la siguiente, pudieron ver por fin, ante ellos, una plancha de concreto que se veía aquí y allá entre la arena. La tocaba una carretera estrecha, también enterrada en parte. Pero el edificio que alguna vez se había levantado sobre el concreto estaba en ruinas: entre los restos calcinados sólo podían distinguirse un horno de ladrillos, negro de humo, tres de las cuatro paredes exteriores y parte del techo de un cuarto que, tal vez, había sido el comedor o la cocina.

Kustos y Lluvia se acercaron. El suelo estaba cubierto de restos quebrados y renegridos. El fuego parecía haberse apagado poco antes. Sobre los montones de cascotes había trozos de madera, papel, vidrio.

—¿Cuándo pasó esto? —dijo Kustos en voz alta.

Dieron una vuelta por los restos y no encontraron cuerpos: cuando mucho, trozos de carne quemada que podrían haber sido parte de las provisiones del hostal. Se sentaron, juntos, en un rincón. El sol terminó de ocultarse tras las dunas. No hablaban. Kustos pensaba que casi no tenía comida, sospechaba que su hija no traía nada y sabía de cierto que la noche sería helada y que ningún autobús pasaría por allí hasta dentro de muchas horas.

Kustos se aclaró la garganta. Para evitar hablar de otra cosa, dijo:

—Otros de los misterios que te comentaba son las Partes en Colisión, la cinta de Siva, Sir Cochino, la Grana Ventura —dijo.

—¿Todos tienen nombres así? —dijo Lluvia. Kustos pensó que trataba de ser valiente.

—Hay quien dice que todos son obra de una sola persona o cosa. De hecho esa sola persona o cosa tendría también misterios en otros idiomas. ¿Hablas inglés? Hay una organización llamada "The Hassle Blade", que parece una cosa idiota porque ni siquiera suena... Mira lo que se tarda uno en explicarlo: hay una marca de cámaras fotográficas que es Hasselblad...

Se oyó un gruñido. Luego, otro. Kustos se puso de pie, caminó hasta donde tal vez había estado la puerta del hostal y miró hacia fuera. En el borde de la plancha de concreto, dos perros peleaban por una rata muerta.

—¿Qué pasa? —preguntó la muchacha.

—Mejor nos vamos —dijo Kustos.

Uno de los perros arrancó a la rata del hocico del otro, pero sólo después de partirla en dos. La mitad que tenía las patas traseras y la cola saltó y fue a caer a los pies de Kustos y Lluvia.

—Vámonos —dijo ésta, como si Kustos no se lo hubiera propuesto un momento antes.

Los dos salieron de las ruinas con mucho cuidado, para no pisar el trozo de rata muerta. Kustos lo libró con un solo paso y la muchacha dio una zancada para asegurarse. Los perros seguían peleando.

—Bueno —dijo Lluvia—, ahora está el problema de cómo nos vamos a ir...

Los perros dejaron de pelear y lo que quedaba de la rata cayó al suelo.

Kustos y Lluvia los miraron.

De pronto, la mitad anterior de la rata: un despojo de pelos sucios y carne gris, los miró, y miró también a los perros. Esto era un fenómeno curioso porque la rata estaba muerta y, naturalmente, no podía moverse. Pero la *sensación* de que se concentraba en unos y en otros era fortísima.

—Ya es suficiente —dijo la rata. Lluvia dijo algo pero no era una respuesta sino sólo un par de sílabas inarticuladas. Como la rata tenía una voz de bajo la exclamación de la muchacha pareció un chillido.

Kustos notó que la rata no había hablado como los animales de tantas películas, moviendo su hocico como si fuera una boca humana. De hecho el hocico no se había movido en absoluto: la voz de bajo salía del interior del animal como desde un pozo, y además de ser grave y profunda sonaba cascada, áspera, como la de alguien muy viejo.

—¡Ya basta! —volvió a decir la rata—. Agustín me lleva pero no porque esté de acuerdo con su estrategia sino porque le toca, nada más. No es premio. De hecho dudo mucho que la muerte por hambre llegue tan rápido como él dice. Pero, claro, también era el turno de Agustín para decidir el plan que íbamos a poner en marcha. Desinformar a la víctima, destruir el lugar, dejarlo allí a su suerte. ¡Nadie dirá jamás que soy injusto o tiránico! Y además, sí, es menos violento para mí. Menos contacto con enemigos. O hubiera sido más violento de no ser porque los dos son estúpidos y bruscos.

"Así que ya, adelante, vámonos —y uno de los perros la tomó en sus fauces—. Mucho cuidado conmigo. Una vez más se los digo: hace rato fueron de una brusquedad imperdonable. ¿Qué van a hacer ustedes con sus vidas una vez que no quede nada de mí?"

Sin soltar a la rata, el perro se irguió. Empezó a andar, apoyado sólo en sus patas traseras, hacia el norte. Caminaba con mucha más seguridad y vigor que Kustos o que Lluvia. El otro perro se irguió también y fue tras el primero.

Cuando ya estaban bastante lejos, y era noche cerrada y

nada podía verse, Kustos y la muchacha oyeron todavía la voz de la rata, que dijo:

—Los perdono, pues. Les voy a cantar una canción de caminantes. Es útil para que no se aburran durante el viaje. ¿Están listos?

Y empezó a cantar, pero la letra ya no se entendió.

—Papá —dijo Lluvia—. Venga. Siéntese.

Kustos hizo caso de inmediato por una vez y se sentó junto a ella. La muchacha había conseguido encender una fogata usando basuras como combustible: los dos acercaron las manos a las llamas para calentarlas. Kustos se preguntó cuánto podrían mantener encendido el fuego.

—Papá —siguió Lluvia—, oiga, por favor. El modo que uso para venir desde allá, que no importa cuál es y luego le explico si quiere, es muy complicado y tiene efectos. Estando aquí las cosas nos pasan en distinto orden a usted y a mí. La primera vez que yo lo vi a usted fue en un parque, por ejemplo, y creo que a usted no le ha pasado eso todavía… Así es como lo localizan, por los efectos.

—La primera vez que yo te vi —dijo Kustos— pasó algo con un sombrero, que te llevaste, y además estabas llorando. Y dijiste algo sobre que a lo mejor no volvías.

Lluvia puso cara de no comprender y se quedó callada por un momento. Luego dijo:

—Ah, ya entiendo… Usted me contó de eso la última vez, cuando estábamos en la fábrica aquella y dijo no saber quién era yo… Lo del sombrero no me ha pasado aún —dijo—. ¿Ve lo que le digo? Por eso ha habido estas confusiones. Por eso no le he podido decir que —y desapareció.

Esta vez, Kustos pudo ver cómo sucedía. No fue muy espectacular: Lluvia estaba allí, sentada ante el fuego, y un instante después ya no estaba. No hubo luces, sonidos extraños ni vapores. El frío aumentaba.

EL TERCER INTENTO

—Muy bien —dijo Horacio Kustos, tratando de mantener la velocidad—, no hay problema. Cuando escriba el texto, porque además lo escribiré, se lo prometo, se puede titular "El hombre que temía a la Revolución francesa".

—Y a los robots —dijo el señor Wilson, mientras esquivaba un carrito de frituras, dos autobuses de pasajeros, una multitud afuera de La Tienda (el supermercado más grande de la ciudad) y un grupo de estudiantes en fuga de su escuela, arrastrando mochilas y suéteres; era mediodía y las calles estaban llenas—. No olvide los robots.

—Y a los robots —asintió Kustos, mientras esquivaba con menos éxito los mismos obstáculos.

—Y ahora vamos de vuelta, por favor, que ya llevamos más de una hora afuera. ¡Si esto no fuera por una buena causa…!

Estaban en la ciudad de T, colindante —por supuesto— con los territorios de S pero un poco más lejos de la isla de U de lo que se piensa habitualmente. Avanzando por la avenida Tapete, el señor Wilson caminaba, como siempre, vigorosamente: el aire sacudía su cabello lacio y largo y sus zapatos se oían con fuerza a pesar del ruido circundante. Kustos lo siguió a paso vivo por la avenida hasta llegar a la esquina con Tartufo, donde ambos dieron vuelta a la izquierda y cruzaron en pocos minutos las intersecciones de Tomainia, Tomatillo, Tontorrón, Topólogo y Torrejas para alcanzar, al fin, la Plaza Tumularia, la más grande de T, donde está el obelisco dedicado a sus fundadores: Tang, Tena y Timm. En el extremo opuesto de la plaza comenzaba la calle Tutú. Los dos siguieron por Tutú durante varias cuadras más y de pronto, en la esquina con Tetera, Kustos vio, mirando para un lado y para otro, a Lluvia, con su suéter blanco y su chamarra azul, sus pantalones de mezclilla, sus tenis…

—Y sus ojos pardos también —nos diría Kustos ahora—

y todo lo demás. Le di un susto horrible al señor Wilson cuando lo tomé del hombro y le dije: "¡Espere!"...

De hecho, el señor Wilson se tiró al suelo (con lo que su sobrísimo traje negro se manchó no poco), se hizo un ovillo y luego, sin abandonar esa postura, como una tortuga encerrada en su caparazón, gritó con voz desgarradora:

—*Arrêtez!*

—¿Qué dijo? —preguntó Lluvia.

—"Deténganse" en francés —respondió Kustos, mientras los dos levantaban al señor Wilson, todavía hecho un ovillo. Lo cargaron hasta su casa, que por fortuna tenía una entrada en la esquina de Teta y Tbilisi, ya a poca distancia de donde se encontraban.

—La gente nos miraba raro, obvio, mientras lo llevábamos, porque además el señor Wilson seguía gritando "*Arrêtez! Arrêtez!*" —nos diría Kustos ahora—. Pero no me pareció tan serio porque ya tenía, es decir, yo, cerca de una semana en la ciudad. Es feo decirlo así, pero T es un lugar donde hay muchos... prejuicios contra los extranjeros. Y se nos notaba, como se le nota a todo el mundo cuando no está en su tierra. Ni siquiera hacía falta que nos preguntaran el nombre.

Y también, entonces, Kustos notaba muy claramente que ninguno de los tres tenía los ojos muy separados y altos en la cara, y la boca y nariz estrechas, que eran comunes entre los nacidos en la región.

—No te les quedes mirando —le dijo a su hija. Una mujer rechoncha, de abrigo de piel y con un cerdito en su bolso, como era la moda, les devolvía una mirada de Lluvia con el ceño fruncido y una mueca. Más adelante, varias parejas y familias que avanzaban hacia ellos por la misma acera cruzaron a la otra y sólo dejaron a un par de monjes de una iglesia local, con hábitos azules, que hicieron signos raros con las manos cuando pasaron junto a los tres.

Afortunadamente, cuando llegaron a la entrada, que fingía ser una puerta de servicio del Museo Tchaikovski, el señor Wilson ya estaba muy recuperado: apenas le costó decir la contraseña al guarda electrónico, pudo teclear a la primera la clave de 32 caracteres de la segunda puerta, bajó por su propio pie las escaleras de piedra, cruzó el puente levadizo a zancadas y sin atender a los rugidos de las bestias que nadaban en el foso y ni siquiera se puso máscara de oxígeno para cruzar el pasillo malévolo, que estaba lleno de gas venenoso en lugar de aire.

—Se siente mejor —comentó Kustos a su hija— cuando está encerrado.

—A eso vine —dijo el señor Wilson, con voz alegre—. A sentirme mejor. Aquí estoy perfectamente protegido. ¡Aquí no habrá —gritó— ni engranes ni gorros frigios! *Jamais!*

Kustos nos diría ahora:

—Todo le iba muy bien el señor Wilson, que era un hotelero bastante famoso y rico en su país, hasta que le entró ese miedo. Esos dos miedos. Nunca se los pudo quitar de la cabeza. Según me contó, todo empezó con dos sueños horribles que tuvo por primera vez la noche en que cumplió 37 años y luego volvió a soñar sin falta durante las 1 000 noches siguientes: primero uno y luego el otro. Nunca quiso decirme qué soñaba, pero según él se despertaba siempre gritando *"Arrêtez!"* y hecho una bola, como aquel día. Tomó terapias de todo tipo, tomó medicamentos legales, tomó de los otros, tomó pociones mágicas, hizo rituales negros, pensó en suicidarse varias veces y en la noche 1 001 no aguantó más, llamó al gurú que lo atendía en aquel momento y le dijo…, ¿cómo me dijo que le dijo?

"Ah, sí, le dijo que no le importaba que la Revolución francesa hubiese sido en 1789, que en la vida real no hubiera robots como los que soñaba ni que el ser rico fuera un premio por sus buenas acciones en otras vidas: que se iba a dedicar a partir de entonces a asegurarse de que nunca le fuera a pasar lo que soñaba cada maldita noche. Que creía, dijo. A mí me sigue pareciendo que hace falta valor para decir una cosa así."

Así diría ahora. Entonces, por otro lado, aún hacía falta bajar por las escaleras de piedra y tomar el elevador disimulado en el décimo descansillo, pues el del noveno llevaba al tanque de las pirañas; bajar los interruptores en la combinación apropiada para desactivar las cercas eléctricas; encontrar el camino correcto en el laberinto de espejos y en el laberinto a oscuras...

Sin importar qué acceso se eligiera, las trampas y candados que protegían la casa del señor Wilson (*chez* Wilson, decía él) aparecían siempre en distinto orden cuando se quería entrar o salir. Además, variaba su número y su complejidad. "De entre una selección de más de quinientas instaladas", decía el señor Wilson, aunque no explicaba dónde ni cómo se habían instalado. Y Horacio Kustos no había visto, según sabía, algunas de las trampas más terribles.

—Mi casa, como verá, señorita —dijo Wilson a Lluvia, cuando estuvieron en el laberinto a oscuras—, no le pide nada a la de la mujer aquella que hizo una mansión llena de puertas que no llevaban a ningún lado para escapar de la culpa. Ni tampoco a las Cárceles de la Rutina, el Palacio de Kappkadavu, la Cabeza de Matejko... ¡Y ni hablar de la Zona del Auténtico Silencio! O el Círculo de Oromóvil...

Kustos no pudo resistir y agregó:

—O el cuarto realmente pequeño que se encuentra en Antigonish, Nueva Escocia. Es muy bueno, pero, la verdad...

—¿Se refiere a la bóveda del tío Milton? ¡Me la querían vender pero realmente no tiene espacio!

—No, no, la bóveda es otra —y de allí la conversación se prolongó por un rato y a través de otros muchos lugares agresivos o impenetrables, desde la aldea de Puces Noires hasta el tiradero de Bangka-Belitung, el del olor invencible.

—Pero en ese momento —diría Kustos ahora—, con todo y que seguíamos por el pasillo sin poder ver nada, tomados de la mano y atenidos a que el señor Wilson no olvidara cuál era el camino, creo que Lluvia perdió la paciencia.

—Papá, papá. Oiga —dijo ella entonces—. El otro día, en el desierto…

—Lluvia, para mí eso fue hace meses.

—Para mí ayer. Y fue antes de ir al mercado con la diosa de las copias. Le digo que el tiempo nos pasa distinto. Desde donde yo lo veo he venido una vez cada día. Empecé el martes pasado y para mí hoy es domingo.

—¿La diosa es la que iba de jugador del Manchester? —preguntó Wilson.

—No era el Manchester —dijo Kustos—, era… Bueno, no importa. Era ella, sí —y a Lluvia—: Mira, antes que nada te tengo que decir que de momento no estoy haciendo mis investigaciones. Me siguen llegando los mensajes, los de mis patrocinadores, y también las recomendaciones de otra gente, pero nomás los guardo. Desde la última vez que te vi me puse a buscar…

—Vuelta a la izquierda aquí —lo interrumpió el señor Wilson—. Y ahora cuidado porque aquí falta un pedazo de piso. Sólo hay que dar un paso más largo… Aquí. Cuidado. ¿Ya está? Ya estamos llegando.

—… me puse a buscar —siguió Kustos— un lugar seguro. Y encontré éste que es el más seguro del mundo.

—¡Garantizado! —dijo el señor Wilson, y una gran puerta de acero se abrió ante ellos y los tres estuvieron por fin en la Casa Impenetrable, que así también se le llamó en varias historias.

Aun descontando el espacio de las trampas variables, el depósito de basura y el lavavajillas, ocupaba cien kilómetros cúbicos bajo el suelo de la ciudad de T; de ellos, la parte habitable —lo que no eran espesos muros, cimientos y techos de concreto y acero— tenía dos recámaras, dos baños completos, estudio/cuarto de televisión, cocina integral, un comedor con trinchador y seis sillas y una sala pequeña. A ésta llegaron.

—Pasen, siéntense —dijo el señor Wilson, y mientras Kustos y Lluvia se sentaban en los sillones de piel, desapareció en una de las habitaciones. Salió vestido con pijama y bata de seda, ambas del mismo color azul marino; luego fue a la cocina y sirvió Coca-Cola para los tres en vasos de plástico pero muy hermosamente diseñados.

Kustos notó que a Lluvia le llamaban la atención varios carteles enmarcados que colgaban de una pared: eran de películas de los años cincuenta, con bellas divas en poses clásicas y uno que otro galán.

—No te preocupes —le dijo—. El señor Wilson es de confianza, ya le he contado de ti, y además también estuve haciendo averiguaciones. Ya sé que cuando vienes de… de allá de donde vienes —miró a Wilson y éste asintió cortésmente—, llegas siempre cerca de donde yo esté porque el conjuro me busca. Hemos estado saliendo varias veces al día desde que el señor Wilson aceptó darme asilo para encontrarte rápido. Y ahora ya no hay ningún problema.

—¿Problema?

Entre un viaje y otro, de Antigonish a Puces Noires a Kappkadavu y a todos los otros sitios que había visitado, Horacio Kustos había tenido mucho tiempo para pensar en las familias que conocía. No eran muchas y ninguna era de padre, madre y dos o más hijos como las que aparecían en la mayoría de las películas y las televisiones del mundo. También había pensado que no tenía ninguna prueba de que Lluvia fuese su hija: todo lo que sabía era el nombre de su madre (que había sido ternísima, que besaba tan despacio, que tenía el mismo cabello y la misma nariz de Lluvia). Acaso ella sí venía de aquel lugar tan remoto y extraño, en el que (después de todo) el tiempo realmente pasaba a diferentes velocidades y tantas cosas eran distintas, pero ¿qué más sabía con certeza?

—Y sin embargo, una noche —nos diría Kustos ahora—, me decidí. Y no paré: hice todo a un lado y me puse a buscar hasta que encontré al señor Wilson. Y entonces lo convencí diciéndole la verdad.

Y entonces dijo:

—Ya sé quién es el tipo del sombrero, el que llevaba la escopeta. Y ya sé quiénes son la rata y los dos perros. Y también los de la espuma violeta, que resulta que son una secta que asesina siempre de maneras casi invisibles... y los de la computera. *Todos son asesinos.* A sueldo. Y todos iban tras de mí.

—La verdad es que su papá, señorita, ahí donde lo ve de tranquilo, no tiene solamente amigos —dijo el señor Wilson.

—Papá —empezó Lluvia.

—La verdad es que sí —le dijo Kustos—. Hay algunas personas a las que... he ofendido... a las que no les gusta lo que hago... y de vez en cuando tengo problemas con ellas. Pero desde hace tiempo ha habido más problemas. ¡Todas las veces que nos hemos visto ha pasado algo!

—Papá, señor...

—Y la verdad —agregó el señor Wilson—, la otra verdad... No, esperen, lo voy a decir de otro modo. Su papá, señorita, está muy preocupado por usted y no quiere que le pase nada mientras usted esté de visita. Y éste es el lugar perfecto: no sólo está protegidísimo, como ya se dio cuenta, sin duda, sino que además está aquí en T, a donde en general sólo se puede llegar por tren y utilizando un servicio *espantoso*... Y lo mejor de todo, claro, es que afuera, metida en un hueco estratégico, en la pared más gruesa de todas, tengo la única Mano Poderosa fuera de su tierra original, y está encargada de rechazar para siempre la sola idea de un robot o de la Revolución francesa. No vendrán los androides con sus antenas y sus pinzas. Tampoco vendrán los de pantalones largos con sus guillotinas. Ni los seres metálicos gritando "Peligro, peligro" ni tampoco Robespierre y Danton y Marat y Charlotte Corday. ¡Ni el ruido de los engranes ni el zumbar de los circuitos ni el juramento de la cancha de tenis! No vendrán. No pasarán. *Jamais!*

Se puso de pie bruscamente y se quedó en una pose muy gallarda, como mirando al horizonte, con una mano sobre el pecho.

Ni Kustos ni Lluvia dijeron nada y Wilson volvió a sentarse después de un momento.

—Y mientras —completó Kustos, sin mirar a Wilson— yo estoy haciendo averiguaciones desde aquí. A ver quién es o qué quiere. Porque esto no puede seguir así...

—Papá, le estoy muy agradecida —dijo Lluvia—, y a usted también, señor...

—No hay de qué —respondió el señor Wilson—. Yo tengo una hija también, muy linda, se llama Audrey, pero claro, tuve que dejarla cuando me divorcié y vine aquí a...

—*¡Por favor cállense!* Les agradezco mucho, pero la cosa no es así como usted dice, papá.

Ahora tenía la cara seria, grave, y su frente parecía ensombrecida. Wilson se escondió detrás de un largo sorbo de su refresco; Kustos estuvo seguro de haber visto antes la expresión de la muchacha pero no pudo recordar en qué rostro.

—Más bien todo esto es porque yo vengo —siguió Lluvia—. Éstos que se le han aparecido vienen tras de usted pero no los manda nadie que usted conozca. Me encuentran a mí por cómo llego, porque el conjuro deja una mancha... Yo soy la que los trae. No lo sabía. Lo descubrí entre ayer y hoy.

Kustos se dio cuenta de que esa cara de preocupación de Lluvia era también la de él: la que ponía en momentos angustiosos.

—Y el señor Wilson —nos diría Kustos ahora— los escuchó primero, seguro.

—Yo nada más lo quería conocer —dijo Lluvia—. Darle las gracias.

—Estos episodios son de lo más conmovedor —dijo el señor Wilson, pero su voz se oía distinta.

Lo primero que Kustos notó fue un movimiento apenas perceptible: un brillo diminuto, fugaz, en una esquina del cuarto.

—En cierto modo, claro —dijo Lluvia—, lo conozco desde hace mucho porque cuando era niña usted me escribía cartas.

—Y con eso —nos diría Kustos— dejé de notar cualquier otra cosa durante varios minutos.

—No me las ha escrito aún. Venían con fechas que eran futuras, que son futuras todavía. O sea que usted me va a escribir después. Empezaron a llegar, dice mi mamá, cuando yo tenía como seis meses. Por eso sé mucho de… Fueron muchas cartas. De mucho tiempo. Yo crecí con ellas, lo conocía a usted, usted me contaba de su trabajo… de dónde estaba, qué veía…

Kustos notó que el señor Wilson dejaba su vaso en la mesa de centro y levantaba los pies del suelo, como para empezar a hacerse un ovillo nuevamente, pero entonces Lluvia dijo:

—Y por otro lado…

—Creo que algo le pasa —empezó Kustos— a…

—¡No, papá, espere, no queda tanto tiempo! Mire: nada más voy a poder venir un número limitado de veces. Siete. Y de hecho ésta es la sexta. Es por el conjuro: es muy difícil. Por eso también me desaparezco así. Por eso se desajusta el tiempo y entro y salgo en otro orden. Yo no sabía que por mi culpa lo iban a buscar pero, mire, lo estoy poniendo en peligro pero ya supe…

—Siempre pensé —dijo el señor Wilson; aún tenía la cabeza levantada pero estaba sentado en posición fetal— que las dos cosas vendrían separadas. Como en mis sueños. Todo está pensado para combatir y rechazar a una o a otra. Separadas. ¡Como... las estuve soñando... por mil... y una... *malditas...* NOCHES!

No le estaba hablando a Lluvia ni a Kustos, y no los miraba siquiera: en cambio tenía la vista fija en el rincón del cuarto, cerca de la puerta de uno de los baños, donde Kustos había creído ver algo. Lo que estaba allí era pequeño pero crecía. Parecía una fila de hormigas, pegada a la pared, avanzando, apenas visibles gracias a su color distinto del piso y a algún reflejo escaso y breve de las luces, pero no sólo cada hormiga parecía un poco más grande que la posterior sino que todas, efectivamente, estaban creciendo: cuando la del frente alcanzó el centímetro la segunda llegaba a los nueve milímetros, la tercera a los ocho... pero cuando la vista volvió de la tercera a la primera ésta ya medía dos centímetros. No dejaban de salir de dondequiera que estuviesen saliendo. Además, por supuesto, no eran hormigas sino robots, rechonchos, de metal pulido y cristal brillante, con dos antenas en la cabeza, grandes ojos rojos, piernas articuladas y brazos terminados en pinzas.

En las cabezas llevaban también gorros frigios. Y tenían voces, cada vez más fuertes, que cantaban:

—*Allons enfants de la Patrie...*

—Ay, no —se quejó Lluvia.

—¿Cómo habrán hecho esto? —se preguntó Kustos en voz alta—. ¿Los habrán hecho especialmente... o ya eran así y los contrataron...?

—*Arrêtez!* —gritó el señor Wilson.

Ya eran más de cien y el mayor ya medía treinta centímetros y seguía creciendo.

—Tenemos que salir —dijo Lluvia.

—*Le jour de gloire est arrivé!* —cantaron los robots, y como si en ese instante le hubieran arrancado piernas, brazos y órganos; como el más frenético de los más devotos de la iglesia más partidaria del éxtasis y el olvido; como si se le hubiera olvidado el francés y hasta la misma posibilidad del lenguaje, el señor Wilson no volvió a gritar *"Arrêtez!"* sino solamente:

—AAAAAAAAAAAAAAAA —y echó a correr en dirección de la pared más lejana a él. Un par de segundos después chocó violentamente contra ella. No dejó de gritar y en cambio cayó de espaldas mientras los robots llegaban al tercer verso de *La Marsellesa*...

En el cuarto verso del himno, sin embargo *(L'étendard sanglant est levé)*, el señor Wilson se incorporó y, aún gritando, se quedó mirando a Kustos y Lluvia como si la pérdida del francés le hubiera quitado también todo recuerdo de ellos. Luego se volvió a mirar a los robots. Luego se puso de pie de un salto, sin dejar de gritar sacó una ametralladora de un cajón del trinchador y se puso a dispararles a los androides más altos, que ya alcanzaban el metro, y entonces el grito solo se volvió muchos gritos de alegría, al ver cómo los disparos hacían reventar cabeza tras cabeza entre chispas y truenos, y luego hasta le regresaron las palabras y pudo decir, como los caballeros franceses de la edad media:

—*Montjoie Saint Denis!*

Empezaba a caminar hacia los robots, en medio de llamas y humo como en una película de acción, cuando Kustos recordó dónde estaba la palanca que abría la puerta de entrada, la bajó y salió con Lluvia a las trampas que estuvieran colocadas afuera.

Tuvo suerte porque casi todas las conocía, logró que ninguno de los dos cayera en el ácido sulfúrico o fuera atrapado por las boas constrictoras y justo antes de la salida se vio, con su hija, ante el túnel sumamente estrecho cuyas paredes además se cierran poco a poco. Los dos lo cruzaron corriendo, y Lluvia, quien al parecer tenía una excelente condición física, pudo decir mientras corría:

—Los que están haciendo todo esto son los que se encontró primero. O que se va a encontrar. Creo que no va a haber más remedio y usted se los va a encontrar apenas. Según el chisme que le pasaron a mi mamá, estas personas se confiaron la primera vez, quisieron hacerlo solos, y cuando yo...

—¿Hacerlo solos?

—Y luego fueron contratando a todos los demás y vea cómo ha ido. Así que ahora deben estar furiosos. De hecho, parece que si fallaban ahora a lo mejor pensaban volver a...

Lluvia tropezó en ese momento. Kustos oyó el golpe, se detuvo y se inclinó para levantarla. Al asirla por los brazos no la vio desaparecer, porque todo seguía oscuro y la luz al final del túnel estaba a sus espaldas, pero sintió mucho frío: la partida del cuerpo de su hija dejaba un aire helado y que olía a humedad, a papel viejo y a lágrimas.

Luego tuvo que levantarse y volver a correr. Apenas logró llegar al final del túnel, que lo dejó sobre la calle Troquel a un lado del Palacio Titipuchal, uno de los más hermosos de la ciudad, y los últimos metros los recorrió, de hecho, en un salto, también como en película de Hollywood. Cayó sobre un policía al que derribó, que luego se levantó furioso y se puso a increpar a Kustos. El oficial se puso a decir todavía peores insultos cuando vio que Kustos era extranjero y estaba a punto de arrestarlo y llevárselo a que lo deportaran cuando se quedó helado, mirando un poco más allá del mismo Kustos.

El señor Wilson, vestido sólo con los pantalones de su pijama, ennegrecido de humo y cenizas, sostenía su ametralladora humeante.

—Evidentemente —nos diría Kustos ahora—, también logró salir. Pero a él le tocó pelear contra los robots que lo perseguían...

Y lo primero que Wilson dijo fue:

—¡Ésta es la terapia más simple y más maravillosa de la vida!

HOLA

—Las opciones que tenía —nos diría ahora Horacio Kustos— eran dos: no escribir nunca las cartas para Lluvia, o al menos dejar pasar tanto tiempo como pudiera antes de sentarme y hacer cualquier cosa para ella, o empezar de inmediato. Y lo que hice fue empezar de inmediato.

Pero durante el viaje de regreso de T, Kustos no dijo, ni siquiera para sí mismo, su conclusión: que la misma sensación de alivio, de claridad y tenacidad en las cosas que había sentido a lo largo de todos los encuentros con la muchacha, debía provenir de ella. De que, tal vez, ella le inspiraba preocupaciones distintas de sus pesadillas, en las que todo era más movedizo que en las del señor Wilson, más insidioso que el amigo de Juan Palacios, más oscuro que el vacío más allá del falso aeropuerto de Tel Aviv...

—Más fiero que el monstruo de las computeras —podría decir Kustos ahora, si acaso, y sin comprometerse a explicar nada—; más decidido que la rata y los perros; más fuerte que el asesino del sombrero.

Ya en la ciudad en que vivía pensó que el viaje desde T había sido muy difícil, pero una nadería comparado con su vuelta, años antes, de la tierra de Nube y de Lluvia.

(Sobre esto, él podría decir ahora: —Porque no es sólo esperar a que el mundo tire de uno a este lado del Puente Pródigo, sino ajustarse de nueva cuenta a la sucesión de las noches y los días; y es también recobrar la necesidad del equilibrio como se entiende aquí, y estar de nuevo en guardia contra lo venenoso y lo contaminado, y acostumbrarse a que no se verán más esos soles, esas puestas de esos soles... Y a que la palabra *bruja* tiene otro sentido, claro; que decir a alguien que es una bruja aquí no es halagador. ¡Nube no lo podía creer!)

Cuando llegó al departamento que ocupaba, encontró mu-

Se apartó de su ruta, que en todo caso ya no podía recobrar, y empezó a caminar sin rumbo. Avanzó por un par de avenidas, por una calle peatonal, por un pasaje cubierto en el que tocaban músicos ambulantes y algunos cafés colocaban mesas con sombrillas ante sus fachadas, como si estuviera a punto de llover bajo techo. La gente lo miraba con extrañeza aunque no con hostilidad, como la de algún otro sitio que Kustos, justamente ahora, no conseguía evocar. No había tanta como en aquel otro lugar que había visitado, y del que sólo le quedaba la impresión de un calor que ahora extrañaba porque empezaba a sentir frío, frío que subía por sus corvas y entraba a su pecho, además, por un agujero en su camisa. No recordaba haber visto un agujero en esa camisa pero pronto olvidó que no lo había visto antes. Siguió caminando. De pronto pensó que no había dejado de sentir náuseas y no consiguió recordar cuándo había comenzado a sentirlas. Su lengua se sentía distinta: había un sabor acre en ella que le daba ganas de vomitar, pero no pudo detenerse a considerar la cuestión: no se había dado cuenta de que estaba a mitad de una calle y las bocinas de varios coches lo obligaron a correr para alcanzar el otro lado. ¿O era el lado del que venía? No pudo decidirse y continuó por entre una mueblería y un edificio en remodelación. Siguió caminando porque el miedo era lo único que no lo dejaba, y en cambio se había olvidado ya de muchos salvamentos, escapes milagrosos, posibilidades de alivio y hasta de la alegría que había llegado a conocer en otros tiempos. Se apartó el cabello para ver mejor, porque de pronto le había caído sobre la cara, y no se sorprendió de que estuviera largo y revuelto en guedejas espesas, sucias de tierra. Tampoco lo sorprendió cómo trastabillaba, cómo tropezaba mientras seguía intentando huir: sintió que una piedra suelta, o tal vez un trozo de vidrio, se clavaba un poco en la planta de su pie izquierdo, que no estaba cubierto, pero no se detuvo; cruzó una última calle y se encontró ante un parque muy pequeño, poco más que un par de prados y árboles altos pero resecos a la salida de una pequeña iglesia; Kustos se arrastraba, se arrastraba sobre manos y pies, pero no dejó de moverse hacia una banca de piedra que vio vacía ante él. Alguien se atravesó en su camino, le puso un pie en la cabeza y lo derribó.

Kustos dio con la boca en el cemento de la acera. Rápida, fácilmente brotó la sangre. También se le cayó un diente, que se quedó en su boca, húmedo y áspero.

Y ahora una voz, una voz masculina, le pregunta:

—¿Sabe por qué?

Y si Kustos no se encontrara como se encuentra ahora:

Si pudiera hablar como en otros tiempos, sacudirse el miedo, levantarse, tal vez podría decir:

—¿Por qué qué?

Pero no dice nada y el hombre tampoco, por un momento.

—No importa —dice al fin el hombre—. Ya no hay nada que decir, y además no hay forma nueva de decirlo. Esto es una cita, de hecho. Lo leí en algún sitio. Le queda a usted.

Es de noche. Kustos y el hombre están bajo las estrellas. Hay que mirar hacia arriba para verlas. Kustos no puede mirar hacia arriba.

—Usted no me gusta —empieza a decir Kustos. No termina. Descubre que no puede hacer arcadas: que desearía poder hacerlas, pero su cuerpo está tirado de lado y no puede moverse.

El miedo no ha desaparecido. Y ahora el sabor acre en su lengua se mezcla con un olor fétido, a materia en descomposición, que es el de sus ropas y su cuerpo. Es que no lleva más que los restos de una camisa y un abrigo lleno de agujeros. Un trozo de una bolsa de plástico está atado a su cintura, pero ya está hecho tiras y deja ver sus piernas, sus nalgas y su sexo.

—Usted es falso —dice el hombre—. Usted sólo dice mentiras.

Y luego habla con otra voz. Kustos no las reconoce pero entiende que son distintas. Escucha:

—Lo peor es que se las dice a usted mismo. Pero ahora ya no va a poder hacerlo. Ahora está despierto.

Se escucha el sonido de unos pasos. Dos pies quedan tan cerca de sus ojos que Kustos teme un golpe en la cara: es algo concreto, preciso, pero a la vez Kustos duda; después de un momento le parece que podrían no ser dos sino tres pies, o cuatro.

Por otra parte, al descubrir esa nueva imprecisión o imperfección, algo en el miedo de Kustos le habla: le cuenta una verdad que todavía puede percibir.

—Usted —dice Kustos— es mi enemigo. Y usted también.

—¿Yo? —dice una voz del hombre—. ¿Y quién soy? ¿Cómo me llamo?

—¿Y cómo se llama *usted*? —pregunta la otra voz.

La última pregunta le parece injusta al hombre en el suelo, porque de pronto descubre que ha olvidado la respuesta.

—Dice que va por toda clase de lugares absurdos —dice una voz—. Que hace toda clase de disparates. Que se entera de cosas y que cuenta cosas a otros.

—Habla con animales —dice la otra voz—, conoce lugares que nadie más conoce, se acuesta con todas las mujeres, arrastra a mucha gente por aquí y por allá. Da reportes de todo esto a no se sabe quién, que no sólo se interesa por lo que usted dice sino que se lo exige.

—Nunca tiene dificultades para ir de un lado a otros; siempre hay amigos que lo reciben y le dan asilo, comida, lo que le haga falta.

—¿Y todo por qué?

—Porque sí. Pero algunas cosas las recuerda, y dice que son sus viajes o sus aventuras, y otras no las recuerda. ¿Cómo llega a los lugares que visita? ¿En qué orden le han pasado todas esas cosas que supuestamente le han pasado?

—¡No tiene sentido! ¿Se da cuenta de que nada tiene sentido? Nadie puede hacer lo que usted cree que hace. Esos lugares no existen. Esas cosas no pueden suceder. Esa gente no es real. El que usted cree ser tampoco es real.

El hombre en el suelo abre la boca para decir algo pero la cierra al ver que uno de los pies retrocede, como con la intención de darle una patada.

El pie lo golpea de todas formas, encima de la sien. El hombre en el suelo no tiene fuerzas para gritar, pero gime y resopla.

—Y ahora —dice una de las voces— está usted aquí, tirado en el suelo, vestido con harapos, con el pelo lleno de mierda y la cara de loco. ¿Cómo encaja eso con el resto? ¿Eh?

El hombre en el suelo piensa que tiene hambre. También, que tiene frío. Puede ver un árbol que está sobre ellos, arriba y a un lado, y también una esquina de la iglesia, pero la mayor parte de lo que puede ver sigue siendo el pie, o los varios pies, de su enemigo, que sigue hablando con dos voces. El hombre en el suelo hace un esfuerzo y consigue girar un poco la cabeza. Entonces ve las manos. Su enemigo es un hombre grande y a medida que se emociona empieza a gesticular con una mano, con dos, con tres, con cuatro: el hombre en el suelo las ve como sombras, todavía más oscuras que el cielo, pero su forma es inconfundible.

—Esto —dice su enemigo, otra vez con la primera voz, y le pisa una mano— es la verdad. Esto —y le pone un pie sobre la cara— es lo que se siente, lo que está, lo que es. Lo único que puede explicarlo todo —y le pone otro pie más sobre la otra mano— es que usted es esto.

—Nos vamos a caer —dice la segunda voz, y el pie que está sobre su cara se levanta.

—Usted está loco: usted es un indigente que vive en la calle y todo lo demás se lo imagina, lo sueña, lo que sea. Así se consuela de que su vida es una mierda. O está loco y es todo lo que puede hacer. Pero ahora está despierto y puede ver lo que hay. Aquí no hay seres raros, no hay aparatos mágicos, no hay amigos, no hay nada. Junto a usted está una banca de piedra. Atrás el parque. Usted vive aquí y duerme aquí. A veces le dan comida y a veces no. A veces usted busca otro lugar donde vaciar las tripas y a veces no. A veces lo desalojan y a veces lo dejan regresar. A veces los que pasan le huyen y otras le pegan. A lo mejor ya estaba loco o se volvió loco aquí. Eso es todo. Ahora está despierto. Y no es nadie: no es nada.

—Cuando se vuelva a dormir se volverá a despertar.

—Cuando lo vuelvan a echar volverá a venir.

—Cuando se muera lo van a echar otra vez, pero a la basura.

—Eso es todo.

Uno de los dedos del hombre en el suelo rasca el concreto sucio. La uña, rota, tropieza con una piedra pequeñita.

—Por qué —alcanza a decir, ahora sí, mientras el vientre y todo su interior se llena del mismo frío que lo rodea, al que está pegada la mitad de su cuerpo que toca el suelo.

Su enemigo le da una patada en el vientre. El dolor se prolonga, reverbera en el frío.

—Usted ya no entiende nada. Pero le digo —dice, con una de sus voces.

Y con la otra:

—Porque hay que acabar con los que son como usted.

—En eso estamos de acuerdo con nuestro padre.

—Ustedes se olvidan de su sitio.

—Hay que recordárselos.

—Hay que recordárselos todo el tiempo.

—Hay que recordarles que son bestias.

—Hay que recordárselos hasta que lo aprenden y lo aceptan.

El hombre en el suelo se ha estado retorciendo. El golpe en el vientre le duele mucho más que los anteriores. Y el miedo no ha cesado. Apenas entiende lo que le dice su enemigo pero sabe que nada disminuye el odio que le tiene. No importa que esté indefenso, que esté vencido, que esté lastimado. Esto puede durar para siempre. Esto puede ser su vida para siempre.

—Lo mejor de todo es que pudimos hacerlo nosotros solos —dice una voz.

—Sí. No hizo falta pedir ayuda a nadie —dice la otra.

—¿Nos quedamos con lo que nos dio?

—Claro que nos quedamos con lo que nos dio.

Los pies se apartan y dejan su sitio a dos cabezas, que descienden desde arriba y se quedan mirándolo. Una es barbuda y calva; la otra tiene en mitad de la frente un espejo redondo, ceñido por una cinta elástica. Las dos se tocan. El hombre en el suelo quiere apartarse, quiere irse corriendo pero no puede moverse.

—Adiós —dice el enemigo con sus dos voces. A cada cabeza le corresponde una. Las cabezas vuelven a elevarse; reaparecen los pies, y luego comienzan a alejarse. El hombre en el suelo alcanza a ver cada vez más del cuerpo del enemigo que se va a medida que pasa el tiempo, pero cuando puede verlo entero ya está lejos.

Pasa el tiempo. El hombre que sigue en el suelo, que siente más miedo aún ahora que está solo, piensa que se ha quedado sin poder distinguir cuántos pies o cuántas manos tiene el que se fue.

Pasa el tiempo. Un transeúnte pasa sobre el hombre en el suelo sin pisarlo. Un par de automóviles pasan cerca; se distinguen por sus luces y sus motores. No se detienen.

El hombre en el suelo, después de este rato de descanso y tras un esfuerzo decidido, consigue mover una mano. Se quita una lagaña áspera y pesada. Algo en la mano —tierra o mugre— se mete en el ojo. Como a la vez no cesa el dolor de su vientre, el hombre se pone a parpadear. Un par de lágrimas auténticas salen al fin y luchan por limpiarle el ojo. El resto de su cuerpo sigue sin poder moverse. Tal vez haya partes de él que ya no puede sentir. Ésta es una mala hora para quedarse inmóvil porque debería levantarse a buscar comida; al menos, cambiar de posición porque el dolor no cesa. Por otra parte, sigue sintiendo mucho miedo…

Pasa el tiempo.

El hombre descubre que se quedó dormido: de pronto se despierta. Alguien pasa su lado. Ve pies que llegan, de nuevo, hasta su cara. El hombre en el suelo no puede ver si es su enemigo de vuelta: le parece que no cuando tiene frente a su cara dos zapatos tenis: no ha visto antes esos zapatos. De seguro no son los que lo golpearon y pisotearon antes…

—¡Ay! —se oye una voz, joven, temblorosa; es distinta a las dos voces del hombre—. Ay, es usted. Sí es usted. ¿Qué le pasó?

El hombre siente que algo levanta su brazo. Es una mano. La mano de alguien levanta su brazo.

—¿Puede hablar? ¿Puede oírme?

El hombre en el suelo no puede responder. Le da vergüenza que una persona lo toque. Le da miedo que lo vean cerca de esa otra persona, que sin duda es una muchacha. Ahora que lo han movido un poco puede entreverla. Su estatura es menor que la de su enemigo: no ocupa tanto espacio en su mirada.

—Le hicieron algo —dice, y el hombre en el suelo siente un tirón en la nuca. Apenas le duele. Una mano pequeña aparece ante sus ojos. Tiene en su palma algo puntiagudo, como un dardo o una jeringa. El hombre nunca ha visto nada semejante—. Tenía esto clavado —luego la mano aparta el objeto y tal vez lo tira lejos, porque después de unos segundos se escucha un ruido de metal y de vidrio que se rompe—. Le metieron algo. Algo que no es usted. Usted piensa que sí pero no. Se lo puedo quitar. ¿Me está entendiendo?

De pronto tiene su cara ante él: ve sus ojos, su frente.

—Oye —dice.

—Se lo voy a quitar —dice la cara, y se aparta también—. Es como veneno. Le va a doler. Aquí voy. Despierte, papá.

Algo tira de su brazo. Él quiere alejarlo de la muchacha. Quiere que ella se vaya y que lo deje en paz. Quiere quedarse en el suelo. Quiere... Pero ella no lo suelta.

—¡Despierte! —vuelve a decir, y le da una mordida, fortísima, justo abajo del codo.

El hombre encuentra que, de nuevo, tiene fuerzas para gritar.

—Despierte —dice la muchacha, y el hombre siente sobre su propia piel, sobre la herida abierta, la punta de la lengua de ella. Entonces la muchacha vuelve a morderlo, aún más fuerte—. Acuérdese, papá —dice, entre sus dientes apretados—. ¡Despierte, papá!

Y Horacio Kustos, de pronto, recuerda las dos palabras que son su nombre. Y tras las dos palabras aparecen muchas otras, y aparecen imágenes, recuerdos, sonidos, todas las sensaciones y los pensamientos.

—Ay —dice la muchacha, y suelta su brazo, y escupe varias veces en el suelo—. Qué feo estuvo. ¿Quién le hizo esto?

Kustos se está levantando. Ve cómo la muchacha, a la que reconoce, a la que recuerda, se arrodilla en el suelo. Luego la ve tenderse. Entiende que está débil.

—Gracias —le dice.

—Esto me va a quitar tiempo de estancia aquí —dice Lluvia, cubriéndose el rostro con una mano—. Me duele la cabeza. Estoy mareada. Perdóneme.

Kustos se mira: no tiene puestos los andrajos que había llevado un poco antes pero tampoco la ropa con la que salió a la calle, quién sabe cuánto tiempo antes. Lleva ropas que están en medio de ambas: no tan en buen estado como unas ni tan en malo como las otras. La huella de lo que pasó también es profunda.

Se inclina y ayuda a levantarse a la muchacha. La acompaña hasta la banca, o lo intenta: luego de unos pasos la ve trastabillar y debe cargarla. Se sienta en la superficie de piedra y hace que Lluvia se recueste en su regazo. Así pasa un rato que no quiere medir. No hay transeúntes y los pocos autos que pasan no hacen ruido. La muchacha se ha quedado dormida y Kustos no se anima a intentar despertarla:

Pensando en los días en que han estado juntos, le da la impresión de que ella no se refirió ni una sola vez —en el pasado, en el futuro— a lo que acaba de hacer por él.

* * *

En este momento, en un lugar escondido, varios de los que miramos habitualmente a Horacio Kustos estamos juntos y hablamos de esta aventura. Entre otros, con nosotros están sus patrocinadores, de los que aún no hemos de decir nada salvo que le prometieron mucho más que paga y certidumbres; está la Doctora, la única verdadera en todo Paraxiphos; está don Cruz, vestido de gala, y está también la persona de la Voz, a quien no se ve —por supuesto— en ningún lado y que sin embargo habla claro y fuerte, como para darse gran autoridad, cuando dice:

—El hijo se enfurece si su padre da la impresión de estar en otro tiempo: de no entender, mirarlo desde tarde o desde muy temprano…

"¡Y aquí es cierto! Kustos comprende ahora, cuando ya no hay nada más que hacer, que para ella este encuentro fugaz es el primero, y el último pasó hace mucho tiempo, y ya no volverán a verse: así es el pasar de un mundo hacia otro mundo. Y apenas han hablado. Apenas saben uno del otro. Y ya no podrán dar sus gracias.

"¿Es extraño el llanto de ella en el hotel desde el que se marchó, o bien se marchará? Kustos lo entiende
ahora, que no sabe cuánto tiempo

tiene antes de quedarse solo. Así
son las revelaciones muchas veces:
lentas, amargas…"

—¡YA BASTA! —*grita de pronto el aljabí del Océano Negro, otro*
de los presentes; se pone de pie y se da un golpe en el muslo, lo que
en su tierra expresa gran ira—. ¿Siempre habla así? ¿Siempre está
como cantando?

* * *

Pero Kustos no escucha nada de esto.

Kustos, ahora, dice en voz alta:

—Cuando despiertes, no sé qué te voy a poder contar y qué
no. Debí haber tomado notas en vez de esperarme, de hacer
todo lo que hice. Sí vamos a poder hablar un poco, ¿verdad?

Palpa en la chamarra que lleva puesta (que nunca había
visto antes, que no era suya) y encuentra, éste sí intacto, el sobre con la carta que escribió. Se da cuenta de que no tiene una
respuesta, todavía, a la pregunta de cómo enviar ese sobre a su
destino.

—Si me estás escuchando, Lluvia —murmura—, recuerda: creo que puedo llegar a quererte mucho.

Pasa el tiempo. La calle sigue desierta. Empieza a amanecer. Mientras espera la llegada del sol, o el despertar de su hija,
o su partida: lo que llegue primero, Horacio Kustos le acaricia
el cabello y la mira dormir.

El último explorador. Diez aventuras inéditas,
de Alberto Chimal, se terminó de imprimir y
encuadernar en abril de 2012
en Impresora y Encuadernadora Progreso, S. A. de C. V.
(IEPSA), Calzada San Lorenzo, 244; 09830 México, D. F.
En su composición se utilizaron tipos Berkeley Oldstyle.
El tiro consta de 1 000 ejemplares.